認識大陸作家系列

人生是條單行道

——曾紀鑫戲劇作品選（上）

曾紀鑫 著

目次

永遠的船

（無場次話劇）

時間：當代。

人物：何　甲——船長。

張士雄——年輕大副。

翠　翠——何甲之女，大學生。

陳國棟——老船員。

陳　強——陳國棟之子，年輕船員。

龍　鵬——年輕船員。

吳　原——年輕船員。

仁巴子——年輕船員。

小　趙——年輕船員。

王老闆——彌洲市某公司經理。

一

△燈光朦朧。

△陰沉的天空。

△一瀉千里的長江。

△長江南岸某碼頭，泊著一艘正待起航的輪「游江號」。

△張士雄與翠翠上場，兩人竊竊私語。似在商量什麼，又似發生了爭執，但儘量在壓低嗓門與音調。

△何甲上場。

△張士雄與翠翠急躲，從舞臺另一側悄然下場。

△何甲走至舞臺中央，一道紫光罩在他身上，顯得格外突出。

何　甲：（亮開高門大嗓）夥計們，準備好了麼？

△內應：「萬事齊備！」

△何甲繞舞臺轉圈，光束緊緊跟著打在他身上。

△何甲走回舞臺中央，高舉一面三角小旗。

何　甲：夥計們，各就各位──

△靜場。

△何甲用力向下揮動旗子。

何　甲：開船！

△幕後眾船工：「開船囉──開船囉──」

△馬達轟響，汽笛長鳴。「游江號」貨輪緩緩啟動，順流而下。

△粗獷的歌聲自天外飄來：

頭上的天沒有邊，
腳下的水流不完。
沉重的貨船壓在肩，
哦嘿哦嘿地在抖天也顫。
江鷗白閃閃，
船夫黑如炭……

△貨輪航行不已，長江兩岸的沙灘、懸岩、防護林、田野、村莊、城鎮等景物應根據劇情的發展而不斷地交替出現。流淌不息的江水也需適時變化，或微波蕩漾，或浪濤滾滾，或激流迴旋……這些變化著的背景應使觀眾感到「游江號」貨輪載著沉甸甸的貨物，載著活生生的人物，載著綿綿不絕的故事，正在瞬間與永恆相互交織的流水中航行不已，永無止息。

△雜亂的吼叫聲餘音繚繞：

哦嘿哦嘿，哦嘿哦嘿！
地在抖，
天在顫……

△何甲點火抽煙，猛吸一陣，噴出一股濃煙，抬頭望著繚繞升騰的煙霧。

何　甲：（自言自語）狗日的陰天，晚上大霧，又得拋錨！

△翠翠悄無聲息地走到何甲背後。

翠　翠：（大叫）爸爸！

何　甲：（嚇了一跳）啊！（回頭）翠翠，是你！你怎麼跑到船上來了？

翠　翠：（笑嘻嘻地）這就叫神不知，鬼不覺，出其不意，攻其不備。

何　甲：（嚴肅地）翠翠，幹我們這一行的，有條老規矩，船上不准帶家屬，特別是女人，更不許跟船。這，我不是跟你說過多次了嗎？

翠　翠：爸——什麼老規矩新規矩，就你的臭規矩多！就是不准帶家屬，也指家屬不能待在船上長期生活呀。而我，順便搭個船上學，只待個三五天，這壞了船上的什麼規矩？

何　甲：翠翠，爸爸一年到頭，東奔西跑，四處漂泊，也想和你在一起好好地待上幾天，可是……船上的一些事情很複雜，我不能……（欲言又止，堅決地）翠翠，還是聽爸的話，上岸去吧！

翠　翠：船到南陵城，我會主動上岸的。

何　甲：我要你現在就上！

翠　翠：（疑惑地望著父親）船都開了，還要我上岸，這怎麼個上法呀？

何　甲：（嚴厲地）停船，搭跳板送你上去！

△翠翠不認識似的望著父親。

何　甲：（口氣轉軟，儘量擠出笑容）翠翠，莫像小孩子一樣淘氣嘛！在家玩兩天，然後搭車去上學，比跟在咱們這艘慢悠悠的貨船上，不知要強幾多倍呢！你可要聽爸的話呀，嗯？！車票不都跟你買好了嗎？

翠　翠：（賭氣）不，偏不！車，車，每次都是車，車我都坐煩了！這回，我就是要坐船去上學。爸，實話告訴你，車票已經退掉，提包早就塞到你床底下了。現在，我是破釜沉舟，沒有退路了！

△張士雄上。

張士雄：（故作驚訝地）喲，是翠翠呀！搭咱們「游江號」去上學？哦，歡迎歡迎，熱烈歡迎！

何　甲：（望一眼張士雄，焦躁地對翠翠）船上都清一色的男人，就你一個女的，大夥幹什麼都不方便，晚上睡覺也不好安排。翠翠，聽爸的，快點上岸吧！

張士雄：船長，可以讓翠翠住我房間。晚上，我跟龍鵬他們擠擠不就得啦！

翠　翠：是呀，住的問題不就解決了嗎，這有什麼不好安排的？

△何甲不語。

張士雄：船長，「游江號」已經開始正式航行，不論從時間、經濟的角度考慮，還是從行船的規矩與忌諱方面來說，都不應該停船靠岸。

△何甲扔掉煙蒂，突然轉身，將脊背遞給張士雄與翠翠。

何　甲：（邊走邊說，並不回頭）翠翠，到我寢室來，我有話對你說。

翠　翠：（高興地）好嘞，只要不上岸，什麼話都好說。

△何甲下。

翠　翠：（深情地望著張士雄）士雄，還是你的主意高明！

張士雄：咱們這樣合計對付你父親，你有什麼感想？

翠　翠：感想？（稍加思索）要是他稍微開通一點，用得著咱們合計對付他嗎？士雄，你別往心裏去，就只當跟我爸開了一個有趣的玩笑。

張士雄：可生活是開不得半點玩笑的。其實呀，我也並不怎麼願意讓你搭乘咱們這艘船。

翠　翠：為什麼？

張士雄：翠翠，你總是這樣，一副打破沙鍋紋（問）到底的樣子，世上有些事，往往是不知道、不明白為好！

翠　翠：（挺直脖子，頭一揚）我偏要知道，偏要明白。

張士雄：（笑）哎哎哎，你把脖子撐斷了，我可賠不起呀！不過，話又說回來，你就要大學畢業了，灌了一肚子墨水，裝了一腦殼理論，見識見識咱們「游江號」也好！

翠　翠：你呀，別把我當書呆子好不好？（噘嘴）士雄，我不喜歡你這副居高臨下、酸不啦嘰的臭樣子！

張士雄：好好好，只當我沒說，這該行了吧？

△陳強叼煙上，見到翠翠，精神頓時為之一振。

陳　強：翠翠，是你呀！怪不得剛才有股好聞的香味，原來是你跑到咱船上來了。

翠　翠：怎麼，不歡迎？

陳　強：瞧你說的，像你這樣有學問、有身份的大學生，接都接不上船呢，咱是來不及歡迎呀！早知道你要上船，我再忙，也得為你準備一個隆重的歡迎儀式呢！翠翠，說句老實話，你搭乘咱們「游江號」這條老破船，可真算委屈你啦。還沒住的地方吧？把我那房間讓你！地方雖小，但可以安身，免費服務，實行「三包」，保證滿意！

翠　翠：謝謝！安身之處，張士雄早就安排好了。

陳　強：哦，張大副真不愧是當領導的，考慮周到，捷足先登啊！

張士雄：你來得也不遲嘛。如果翠翠願意，上你那兒去住也無妨，為翠翠提供生活方便，是咱們「游江號」每一個船員義不容辭的責任，你說是不？

翠　翠：陳強，實在對不起，非常感謝你的好意！

陳　強：（尷尬地）嘿嘿嘿，咱們倆，還這麼客套幹嘛？有事，儘管找我陳強得啦！

△陳強望望他們倆，轉過身去。走了幾步，又回頭站住。

陳　強：（招手）翠翠，過來，我有話對你說。

翠　翠：（未動）什麼話，你儘管說好啦，我認真地聽著呢！

陳　強：（神秘地）我要告訴你一個重大的機密。

翠　翠：你的機密，關我什麼事！

陳　強：不，是關於你的！

翠　翠：我的機密？這就怪了，（笑）我有什麼機密掌握在你手中？

陳　強：機會難得！你不信，到時可別後悔喲！（唱）

我心裏有一個小秘密，
我想要告訴你……

△陳強邊唱邊下。

張士雄：翠翠，看來陳強對你還有幾分深厚的感情呢。

翠　翠：那自然，青梅竹馬，又是老同學，肯定有感情嘛。不過……（望著張士雄的眼睛，嫣然一笑）怎麼，你吃醋了？

張士雄：翠翠，你真會開玩笑，我們南方人，不興吃醋！

△翠翠、張士雄相視哈哈大笑。

△何甲上。

何　甲：翠翠，你怎麼還在這磨蹭，我都等你好半天了！

翠　翠：爸，什麼事這急呀？什麼話，就在這說吧。

張士雄：（低聲）你和你爸談，我先走了。

△張士雄匆匆下。

何　甲：國有國法，船有船規。翠翠，從現在起，船就是你的家，家就是這艘船。你既是我女兒，也是船上一員，我要對你約法三章！

翠　翠：莫說三章，約法四章也行。

何　甲：第一，晚上睡我房間。

翠　翠：（笑）這也叫約法呀！

何　甲：第二，不許打擾船員們的工作。

翠　翠：（故意挺直胸脯）行，保證規規矩矩老老實實，絕不亂說亂動！那第三呢？

何　甲：第三……這第三條是，不許你單獨跟張士雄待在一起！

翠　翠：（瞪大眼睛）這是為什麼？

何　甲：你心裏明白。

翠　翠：我不明白。這第三條，你不告訴我原因，我就不聽！

何　甲：這原因……原因……第一，我不喜歡張士雄……

翠　翠：為啥？

何　甲：現在沒空，以後解釋。第二個原因，（望望翠翠，頓了頓）我絕對不能讓你跟一個水手攪在一起！

翠　翠：爸，你自己不就是一個水手嗎？

何　甲：不錯，我是一個水手，並且當了一輩子的水手，怎麼樣？

翠　翠：爸，你嫌自己、厭自己、恨自己嗎？

△何甲一震，馬上掩飾內心的痛苦。

何　甲：（支支唔唔）翠翠，這是兩碼事……兩碼事，扯不到一塊的……

翠　翠：（激動，大聲地）不，爸爸，這就是一碼事！你不應該嫌棄水手，更不應該厭惡自己！爸，你的痛苦，我的不幸都是媽媽一手造成的，她不應該拋棄你，不應該跟著別人遠走他鄉，更不應該扔下我不管不問……我恨她，永遠恨她！

何　甲：（喉嚨咕咕，發出怪異的笑聲）媽媽……翠翠，你的媽媽……你還是忘了那個媽媽吧，也不要去恨她……翠翠，你根本不知道水手的生活有多麼無聊多麼淒涼，也想像不出做一個水手的妻子有多麼艱辛多麼苦楚……

△突然，馬達的鳴響轉了調，變成嘶啞的轟鳴。

何　甲：咦，發動機好像出了毛病？

△吳原匆匆跑上。

吳　原：船長，柴油機壞了！

何　甲：什麼？剛剛開船，柴油機就壞了？開船前，你們幹什麼去了，怎不好好檢查檢查、修理修理？

吳　原：檢查好幾遍，該修的也修了。剛才都正常，不知怎麼突然就出了毛病。

何　甲：快，到機艙去看看。

△何甲與吳原匆匆下。

△翠翠呆愣片刻，也跟著下。

△燈暗。

二

△昏暗的燈光照著舞臺。

△「游江號」機艙內。

△柴油機「嗵嗵」作響。

△陳國棟半蹲在地，認真而焦灼地檢修機器。

△張士雄、陳強、仁巴子等船員圍在一旁。

△何甲與吳原匆匆上。

何　甲：怎麼搞的，剛開船就出問題，太不像話了！

陳國棟：（抬頭）船長，不知怎麼回事，盤來盤去，硬是查不出毛病來。

何　甲：這就怪了，沒有毛病，好好的機器，幹嘛裝模作樣地怪吼怪叫！

陳國棟：我再盤盤，好好地查查。

△陳國棟半蹲身子圍著柴油機移動、檢修，吳原在一旁密切配合。

△翠翠上。

翠　翠：（捂著雙耳，驚恐地）哎呀，好嚇人，該不會爆炸吧？

何　甲：翠翠，這是船上，最好是不要說一些不吉利的話！

△突然，柴油機的聲音變成了嘶啞的吼叫，整個船身顫動不已。

陳國棟：（大聲地）船長，機器挺不住，得趕緊停下！

何　甲：（冷冷地盯著陳國棟）你看著辦吧。

△陳國棟用力猛扳剎刀，機器的鳴響漸弱漸止。

△貨輪停止航行，隨江水緩緩向下流動。

何　甲：（氣惱地）陳師傅，你好像在故意跟我過不去。這船，要在一星期內趕到上海交貨，白紙黑字，簽了合同，倘若誤期，就得罰款。這，你也知道得一清二楚。可照現在的樣子，剛一開船，機器就出毛病，什麼時候到得了上海？

陳國棟：船長，別急，馬上就會好的。你一發火，我就暈頭轉腦，更摸不出道道了。這機器我盤弄了十多年，它的關節部位，已摸得一清二楚，請放心，馬上就會修好的。

陳　強：老掉牙的機器，早該換了。

陳國棟：（一語雙關）是呀，幾十年了，它也老啦，變得古裏古怪，動不動就喜歡發脾氣。

張士雄：「游江號」年久失修，看來非得下決心來一番徹底的裝修改造不可了！

何　甲：可錢呢？大夥的工資、福利、獎金，每年上交的利潤，都得靠「游江號」賺來。老了，該大修了，該換機器了，該徹底改造了，這樣的話，誰都會說，可又有誰真正關心「游江號」，實實在在地替它著想？不少人，只盯著自己的口袋，看那裏面裝了多少。都這樣的心思，「游江號」只會越來越老，越老越破！

張士雄：船長，我覺得大夥兒還是齊心的。

何　甲：齊心？齊心柴油機會壞嗎？一半人都在自己做生意發財，將上海、南京、武漢的洋貨倒騰到內地，又把內地的土貨販賣到這些城市。張大副，這，也叫齊心嗎？

張士雄：這……大夥兒每月就那麼一點工資，不夠半月花銷，想改善一下，也情有可原。況且，都是利用空餘時間，並沒有影響「游江號」的正常航行。

何　甲：如果大家把個人做生意的心思全部用在「游江號」上，這機器不早就換了，這船不早就改造了？張大副，你這個頭帶得不錯呀！

張大雄：船長，大夥兒是逼上梁山呀！

何　甲：如果你是「游江號」的船長，你還會帶頭這樣做嗎？

△張士雄沉默。

何　甲：（緊緊地追問）張大副，如果你是這條船的船長，你還會這樣做嗎？

張士雄：會，我會的！我會想出更多的辦法來改善大家的經濟狀況！（激動地）如果我是「游江號」船長，我會送年輕水手上岸進修培訓，掌握先進的技術和管理；如果我是船長，即使沒錢，我也會創造條件以貸款、合資、入股等形式早日改造「游江號」，改善大夥的工作環境……

何　甲：（打斷張士雄，仰頭大笑）哈哈哈，張大副，我早就看出了你的心思。也許你將來是「游江號」船長，可你現在不是，現在不是！哈哈哈……

陳國棟：（伸腰站立，雙手油污，滿頭大汗）船長，機器修好了。

何　甲：好，夥計們，趕快歸位！

△何甲闊步走到舞臺中央，高舉三角小旗。

何　甲：我命令——（用力向下揮旗）開船！

△馬達轟鳴。

△燈暗。

三

△「游江號」開始繼續航行。

△船舷邊，陳強湊在翠翠身邊。

翠　翠：這天空，灰濛濛的，多煩人喲！

陳　強：我的感覺，正好跟你相反。

翠　翠：你喜歡這討厭的陰天？

陳　強：這哪裡是陰天呀？（清了清嗓子，一本正經地）我的眼前升起了一輪明媚的太陽，我的耳邊響起了一曲動人的歌謠，我的心靈充滿了永恆的光芒……

翠　翠：（笑）嘻嘻嘻，想不到，你搖身一變，倒成了一位浪漫的詩人啦。陳強，你可真是一個多才多藝的人物啊！

陳　強：不敢當，不敢當。

翠　翠：實話告訴我，剛才的詩句是從哪兒偷來的？

陳　強：不是偷，而是借……借來的。

翠　翠：你要是真能寫出這樣的詩句就好了。

陳　強：會，我會的！只要你給我力量，給我希望，我發誓要變成一個詩人，並且是一名偉大的詩人！

翠　翠：從水手到詩人，並不是那麼容易的事情。

陳　強：世上無難事，只要肯登攀。

翠　翠：（捂嘴笑）陳強，別在我面前文縐縐的了。

陳　強：你不喜歡？

翠　翠：咱們是老同學，你肚裏那點兒貨，我還不清楚？別在我面前裝模作樣、滑滑稽稽的了！

陳　強：好，有你這話，我就直說了。

翠　翠：洗耳恭聽。

陳　強：小時候，咱們一起玩耍，一起上學，青梅竹馬，還記得嗎？

翠　翠：當然記得。

陳　強：（回憶，神往地）那時候，我叫你翠妹，也是真正地把你當成了我的小妹妹。長大了，咱們還是經常在一起嬉戲玩耍。於是，大家就笑咱們是小倆口，還說咱們暗地裏開「碰頭會」。那時，我好害羞，咱們自自然然地疏遠了。後來，你上了高中，我當了水手，見面的機會就更少了。可在心底，我卻是越來越想念你了，你那嬌美的臉龐總在我眼前晃來晃去……

翠　翠：現在還晃嗎？

陳　強：當然晃呀！

翠　翠：恐怕是船在晃吧。

陳　強：翠翠，莫開玩笑，我說的全是真話。現在，你是一個堂堂正正的大學生，我不過是一個普普通通的小水手，有時候我很自卑，只能將自己的感情壓在心底。但是，你能跟張士雄好上，這給了我很大的勇氣！

翠　翠：為什麼？

陳　強：論年齡，張士雄大你七八歲，我比他要合適；論長相，我自信長得比他帥；論才華，到他這個年齡，我保管在當大副、船長……不，僅僅當個大副、船長有什麼出息？我要上岸，要辦公司，開工廠，當一個經理，做一名老闆，我要賺錢，賺很多的錢！怎麼，你不相信？

翠　翠：也許你說的半點不錯，但是……

陳　強：（打斷）不要說但是，我最討厭「但是」了。翠翠，你別看我一副漫不經心、吊兒郎當的樣子，私下裏，我可用功呢！我買了不少有關經營管理方面的書籍，在發狠鑽研。我一定要幹出點名堂來，再也不能像我爸爸這樣窩窩囊囊地活一輩子了！

翠　翠：（刮目相看）想不到你還有這番志向，真不簡單！可是……

陳　強：（打斷）我知道你又要找託辭了，說我爸和你爸有過一些糾纏不清的恩恩怨怨。可是，我要說，他們的糾葛是他們的事，與咱們無關！

翠　翠：只聽說過他們關係緊張，也不知為啥事鬧得這麼僵。

陳　強：我也弄不太清楚。只見你爸對我爸十分嚴厲，說話從不帶笑，動不動就大聲吼叫訓人。好幾次，我都想幫我爸，但後來還是忍了。父輩的事，我可管不了。但我打心眼裏瞧不起我爸，他太軟弱，活得太窩囊了。還不許我說他，我一說，他就教訓我，說我不懂事，不要瞎摻和，只管幹好自己的事得啦……

翠　翠：這次，我非弄清楚不可！

陳　強：弄清楚怎樣，不弄清楚又怎樣？反正這不影響咱們倆的關係，你說對不？

翠　翠：這就是你要告訴我的重大機密？

陳　強：只能說是機密之一。

翠　翠：還有之二？

陳　強：當然啦。第一是關於我的，第二是關於你和張士雄的。（望望四周，壓低聲音，神秘地）張士雄腳踏兩隻船呢，在瀰州市，他還有一個女相好，一雙大眼睛長得水靈靈的……

翠　翠：（驚訝萬分，但故作鎮靜）陳強，你就莫騙我了，你想達到自己的目的，就編出一套謊言來傷害張士雄。你這鬼花招，能瞞得了我？

陳　強：不，我沒騙你，絕對真的！那個姑娘，我親眼見過呢。你若不信，可以問問龍鵬、仁巴子和吳原，他們都知道這回事。翠翠，我敢對天發誓，若有半句謊話，天打五雷轟！

翠　翠：啊？！

△突然，馬達聲變啞，轉弱。

陳　強：這該死的機器，怎麼又壞了！

△陳強轉身，匆匆走了兩步，又止步回頭。

陳　強：翠翠，希望你能給我一次機會，更希望你能給我一個滿意的答覆！

△柴油機「嗵嗵嗵」地響過一陣，便停止了轟鳴。

△陳強跑下。

△燈暗。

四

△燈漸亮。

△「游江號」靜靜地泊在江中，岸邊是荒涼的沙灘；沙灘盡頭，一片荒野上，兀然立著幾堆山丘；山丘上生長著稀疏的樹木。

△機艙內，陳國棟全神貫注地檢修柴油機，全體船員及翠翠焦灼地圍在一旁。

何　甲：陳師傅，你是成心跟我過不去吧！

陳國棟：船長，這機器，我實在拿它沒法。

何　甲：你不是說把它摸得一清二楚了嗎？怎麼還是老出毛病！

陳國棟：大部份零件老化了，需要換掉。

何　甲：換上新零件，你就能擔保它不再犯老毛病了？

陳國棟：至少可以管很長一段時間，哪像現在，動不動就發脾氣不聽使喚。

△何甲換煙，點燃。

何　甲：（深吸一口）好，就換新零件吧！前面是彌州市，就在那兒換。往後去，這柴油機可不能再像今天這樣不聽使喚了！

翠　翠：（喃喃自語）彌州……彌州市……相好的女人……

陳國棟：（突然欣喜地）查出來了，終於查出來了！

眾　人：（急切地）到底是怎麼回事？

陳國棟：原來是水在搗亂？

眾　人：（驚異地）水，怎麼跟水扯在一塊了呢？

陳國棟：狗日的，捉弄老子半天，原來是水，柴油裏摻了水哇！瞧，你們瞧，油箱底下全是水，我放給你們看……這不，不都是水嗎？行了這麼遠，柴油機沒燒壞，可真是老天有眼，暗中保佑咱們呢。

張士雄：柴油裏摻水，這是從來沒有過的事。

翠　翠：陳師傅，現在該怎麼辦呀？

陳國棟：水的比重比油大，讓水滲在底下，排出去，機器就可以發動了。只是這柴油……唉，太可惜了！

何　甲：油裏的水多嗎？

陳國棟：多！你看，我放給你看……瞧，瞧見了吧，淨是水！我估計，咱們這回買的二十噸柴油，至少兩噸摻了水！

何　甲：（氣憤地）他娘的，這些奸商！

張士雄：誰的責任，現在不是一清二楚了嗎？

△全體沉默。

△何甲扔掉煙蒂，狠狠踩滅。

何　甲：這幾天，公司的油庫碰巧沒貨了，得等幾天才行。為了搶時間，我就聯繫了另一家，可我根本沒想到他們會在柴油裏面摻水。咳，只怪我太大意了！他娘的這些奸商，轉回時一定去找他們，看老子不把他們一個個給宰了！

張士雄：當場沒發現，再去找，說不定他們還會反咬一口。

何　甲：大家都是證人。

張士雄：證據不足，人家會告咱們一個誣陷罪。

△何甲又掏煙，點燃。

何　甲：夥計們，柴油的責任在我，沒有把好質量關。我甘願受罰，扣除本月獎金。

△眾人表情不一地沉默著。

△張士雄咬咬牙，終於下了決心。

張士雄：（對眾人）兩噸柴油，只抵得上一個月不到一百塊錢的獎金，這柴油是不是太不值錢了？

何　甲：（緊盯張士雄）張大副，你認為應該怎麼處理？

△翠翠趕緊移至張士雄身後，暗暗拉了拉他的衣角。

張士雄：（稍頓，不加理睬，對何甲）船長，換了一個人，兩噸柴油變成水，你會怎麼處罰？

何　甲：我……

陳國棟：（打圓場）好了好了，這處罰的事留待以後再說吧。現在，咱們得趕緊開船，把耽誤的時間趕回來！

張士雄：陳師傅，你莫和稀泥。上次，為一個小小的零件，不就扣了你半個月的工資嗎？兩噸柴油，不是兩斤，而是兩千公斤啊！這是嚴重的失職！我認為，關於這件事的處理，不能當事人說了算，應該由全體船員民主討論，民主表決，拿出一個合理的意見才行！

何　甲：（不耐煩地）行行行，都聽你的，這還不行嗎？張大副，你放心，這兩噸柴油的損失，我一定要尋找機會補回來。如果彌補不了，隨大家怎麼處罰，我都認！可現在，我們總不能將船停在這荒灘野地討論表決吧？還是陳師傅說得對，現在要緊的，是把耽誤了的時間趕回來。而這，光靠兩張嘴皮是磨不出來的，得大家齊心協力地幹才行！好了好了，都不要待在這兒了。（揮手示意大家離開）各就各位，準備開船！

△翠翠的目光從每一個人臉上掃過。

△眾人默默離開。

△張士雄望著大家，嚅動嘴唇想說什麼，但終未說出。

△燈暗。

五

△微弱的燈光。

△夜。江面籠罩著白霧，「游江號」靜靜地停泊在彌州市岸邊。

△舞臺前區，何甲與陳國棟站在船舷邊。

陳國棟：咱們到得太遲了，商店已經關了門，柴油機的零件，只有明天早晨上岸去買了。

何　甲：又不是零件出問題，我看就不要買了。時間緊迫，明天咱們可要早點開船趕路呢！

△何甲下。

△陳國棟靠在船邊點火抽煙，火光在暗夜裏一閃一閃。

陳國棟：（自言自語）唉，照這個樣子下去，咱們「游江號」總有一天會出事的！

△張士雄上。

張士雄：陳師傅，借個火。

△陳國棟將燃著的紙煙遞給張士雄。

△張士雄猛吸一口，又掏出一支遞給陳國棟。

張士雄：陳師傅，來一支。

陳國棟：謝謝，我抽不來帶把的。

張士雄：那就把把兒揪掉唄。

△陳國棟接煙，掐掉過濾嘴扔下，並不點燃，而是將煙夾在左耳耳縫。

張士雄：陳師傅，有些事，我越想糊塗。你明明和船長有矛盾，他這麼嚴厲地對待你，可你卻總是替他說話，這到底是怎麼一回事呢？

陳國棟：（故作驚訝地）我跟船長有矛盾？誰說的？

張士雄：陳師傅，你就不要瞞我了。你們之間的一些糾葛誰都知道……你原來是「游江號」的船長，他是大副。後來，大副受到上級的器重，成了紅勞模、先進人物，你卻成了白專典型、落後分子，挨批挨整。於是，大副升為船長，而原來的船長則被貶到機艙當機工，一幹就是十多年……

△陳國棟從耳縫取下煙捲，點燃。

陳國棟：（將燃剩的煙蒂扔入江中）霧，這該死的霧，越來越大了！

張士雄：陳師傅，你莫打岔，我在跟你認真地說話呢！

陳國棟：張大副，你怎知我沒有認真地聽呢？

張士雄：既然你在認真聽，那我就往下說了……咱們「游江號」機艙內噪音震耳、工作髒污、油煙嗆人，按說，像你這樣一把年紀的人，早該換到艙面，幹點輕鬆活了。可何船長就是不同意，他一直卡著……

陳國棟：（打斷）你是怎麼知道這些老賬的？

張士雄：我是「游江號」的大副，對它幾十年的歷史能不瞭解清楚嗎？

△陳國棟歎一口氣，順欄杆往下溜滑，一屁股蹲坐在甲板上。

陳國棟：張大副，如果有你年輕，我也不會是今天這副窩囊樣。過去，我也是一條血氣方剛的硬漢子呀！我不滿，我怨恨，與何甲爭過、吵過、鬧過，有一次還動了手。結果怎樣？吃虧的總是我。他是船長，我是船員，只要這一現實改變不了，我就得受罪。今天，我也快六十歲的人了，能有什麼辦法呢？只有認命的份兒。（伸出左手）算命先生說，我這是一隻苦命的手哇。常言道：命裏只有八合米，走遍天下不滿升。唉，我認了，這樣的日子，也過慣了。

張士雄：就是認了、過慣了，也不至於像今天這樣幫著他、向著他呀！

陳國棟：陳強也在這條船上，我不能讓兒子跟著受罪。對何船長，我心裏頭……（欲言又止）唉，照現在這樣子下去，總有一天，「游江號」要出亂子的……

△陳國棟站起身，叉開腿，朝江中撒尿，一串「咕嚕咕嚕」的聲音響起。

△翠翠從後臺上。

△陳強緊隨而上。

△翠翠走近前台，見狀「啊」地一聲驚叫，趕緊轉身向後退去。

張士雄：翠翠——

△張士雄追過去。

△陳國棟一邊匆匆忙忙地扣褲子，一邊向翠翠退走的方向張望。

陳國棟：陳強，過來，你跟老子過來！

△陳強回頭望望翠翠，不情願地走了過來。

△翠翠在舞臺後區站住，張士雄走近，他們低聲交談。

△舞臺前區，陳國棟父子相對而立。

陳國棟：陳強，你怎麼一點志氣也沒有，像丟了魂似的，跟在人家翠翠後面屁顛屁顛，多丟人喲！

陳　強：爸，我沒志氣，你的志氣可真大呀！一天到晚，都在尋找機會拍船長的馬屁呢！

陳國棟：（惱怒）你莫癩蛤蟆想吃天鵝肉，也不撒泡尿照照自己。人生在世，要有自知之明！

陳　強：爸，你只會在我面前發脾氣講狠，有本事，也當個船長，做兒的可就真正服了你！

陳國棟：（手指陳強）你……你他娘的……

△陳國棟氣得全身顫抖，突然「吭吭吭」地咳了起來。

△陳國棟彎腰捂著胸口劇烈地咳嗽，慢慢蹲在地上。

△陳強忙給父親捶背。

陳　強：爸，你別往心裏去，我是有口無心呀，爸！

陳國棟：（邊咳邊說）強子，爸是……是為你好呀！翠翠是大學生，你攀……攀不上的……別看她跟張大副打得火熱，日後也要黃的……強子，爸老了，不行了，有時不得不做一些違心的事，也是為了你好呀……

陳　強：爸，外面風大，我扶你上床去躺著。

△陳強扶陳國棟下。

△張士雄與翠翠從另一邊走向舞臺中央。

翠　翠：（激動地）原因並不在這裏！

張士雄：那……你認為在哪裡？

翠　翠：在於你的心變了！我問你，船剛停靠彌州你就匆匆上岸，什麼大事這麼急呀？

張士雄：去找一個女人了。

翠　翠：倒還坦率。（憤怒地）士雄，你怎變得這樣無恥了！剛剛約會了另一個女人，現在又湊到我身邊來了！

張士雄：翠翠，話怎能這樣說呢？

翠　翠：請你教教我，應該怎樣說才令你滿意？

張士雄：那女的是我同學，人家早有家室了。

翠　翠：你就不能做一個第三者？如今的社會，這樣的事還少嗎？士雄，我並不是一個封建式的女子，你要做第三者，或者另外找一個比我強的姑娘，我不僅不反對，還會理解你，支持你！只是，你不應該欺騙我，腳踏兩隻船。我以為，就是做第三者，也要感情專一，才不失為一個真正的男子漢。

張士雄：翠翠，你怎樣想像、怎麼猜測都可以，這是你的權利。我要告訴你的是，我跟她的來往，並沒有半點個人私情，完全是為了「游江號」這條貨船！

翠　翠：這怎能跟貨船扯在一起呢？風馬牛不相及！

張士雄：我那同學的丈夫是一家造船廠的廠長，而她本人，則是一所航運學校的老師。

翠　翠：（沉吟地）唔……原來如此……

△沉默。

△江水發出「潑喇」一聲響，似遊魚在跳躍。

翠　翠：那麼，這件事咱們就不談了，還是回到柴油摻水這事上來吧……士雄，就是我爸千不好萬不好，你也不應該當著全船人跟他對著幹。不說他是一船之長，也不說他是你未來的什麼，就是作為一個同事，一個比你大二十多歲的長輩，你也不應該這樣對待他呀！士雄，你白天的行為太讓我傷心了……

張士雄：翠翠，僅從這事表面來看，我的確做得有點過分。但是，你一點也不瞭解船上的真相。有些事情，你也許會認為我可以和他交流看法、觀點，達成一致意見是不是？不，根本不是這麼一回事！他是這條船的船長、功臣、元老，從來就是一個人說了算，並且是說一不二。作為一名大副，今天，我是迫不得已，才站出來跟他對著幹的。

翠　翠：士雄，我爸在水上漂了一輩子，遭受的打擊很多，脾氣是不怎麼好。我知道，他內心很孤獨，很寂寞，也很痛苦，他需要溫暖，需要得到別人的敬重……士雄，看在我的份上，今後對我爸好一點，給他一點親情與溫暖吧。

張士雄：我也極願這樣做，只是……

翠　翠：（打斷）那你就這樣做吧！

△張士雄望著翠翠充滿哀求與溫柔的目光，不禁軟了，終於點頭。

翠　翠：你這頭一點，我的心情也開朗了。

△張士雄無言苦笑。

翠　翠：（舒心地）士雄，叫我說啊，咱們還得感謝這摻水的柴油才是。

張士雄：（困惑地）這麼大的損失，多心疼喲，還要感謝，你……

翠　翠：（笑）要不是這柴油，你們還得過幾天才啟航，我也就搭不上這艘船，更不能和你聚在一塊了。

△翠翠動情地望著張士雄，內心充滿了甜蜜與幸福。

△張士雄的目光與翠翠的凝眸交相融會，他不禁忘記了憂鬱煩惱，移步上前，激動地擁抱翠翠。

△暗轉。

△餐廳兼會議室內。

△龍鵬、吳原、陳強、仁巴子湊在一起打麻將，小趙手拿一本厚書站在一旁觀看。

龍　鵬：（猶疑地）老子到底打一張什麼牌好呢？（猛然拍了一下大腿）他媽的，今晚哪來這麼多的蚊子呀！

仁巴子：不要扯到蚊子身上去了，快點打，別磨磨蹭蹭的。

吳　原：龍鵬打牌，一向都是痛痛快快的，今天怎麼比生兒都難呀！

陳　強：恐怕是遇到難產了。

龍　鵬：不難不難，一溜就出來了。瞧，五萬，好鮮的字！

仁巴子：（推倒牌）好，將大和！哈哈哈……

龍　鵬：老子今天的火氣太不行了，不和牌不說，還盡放銃。

吳　原：都成一個神槍手了。

△眾人掏錢給仁巴子。

△眾人將麻將推向桌子中央和牌。

龍　鵬：真他媽的揹運，小趙，過來跟我「挑土」，沖沖晦氣！

小　趙：（擺手）不打不打，我不打麻將。

吳　原：小趙要看書呢，準備考大學的。

龍　鵬：還考博士呢！考取了又怎麼樣？幾年書讀完，拿點死工資，還不跟咱們一樣，是個窮光蛋！

小　趙：（分辯）哪個說考大學了？

仁巴子：小趙怕輸錢，他要攢錢娶花媳婦呢。

小　趙：你才攢錢娶花媳婦呢！

仁巴子：咱是在攢錢，但不是為了娶媳婦。

小　趙：幹什麼？

仁巴子：給當官的送禮呀！這船上的日子真不是人過的，老子要不惜血本花錢送禮，想盡辦法調上岸去。上了岸，不愁娶不到媳婦。

吳　原：你的輕重緩急倒安排得蠻不錯的。

小　趙：那我怎麼經常看見你偷偷摸摸地跟在人家翠翠後面，都快想瘋了！

仁巴子：小趙，你肯定認錯人了。那個跟在翠翠後面屁顛屁顛的人絕對不是我，天大的冤枉啊！

眾　人：（連哄帶笑地）不你是誰？還想賴！

仁巴子：咱們裏頭，哪個錢輸得最多就是哪個，因為挨近女人，手氣不好嘛。

眾　人：（哈哈大笑，七嘴八舌）有道理！看看，到底哪個輸的錢最多。這人恐怕是陳強吧？

陳　強：不輸不贏，保本！

龍　鵬：（猛然站立）什麼，你們說是我？（變了臉色）仁巴子，你他媽贏了錢還說上水話呀！

仁巴子：嘿嘿嘿，龍鵬你可別當真，說著好玩，咱哥幾個開開心嘛，人家翠翠可是有主的人囉！

龍　鵬：開心，想拿我開心？贏了錢，還把老子當苕貨耍，沒門！

仁巴子：說得難聽，哪個贏了？我看你真是贏得起輸不起！

龍　鵬：（氣呼呼地坐下）來，來，來！接著打，老子今天非扳本不可！

△龍鵬使勁地將麻將和得脆響。

仁巴子：不玩了不玩了，有些人太不夠味，一點玩笑都開不起。

龍　鵬：不玩了？沒門！老子輸了錢，就是要趕本！你贏了就想走哇，不行！

仁巴子：（摸出幾張十元票子拍在桌上）拿去拿去，遇到你這樣的人也算是倒了邪楣！

龍　鵬：（將鈔票攥成團擲過去）你想侮辱老子呀！

△龍鵬撲過去抓住仁巴子衣領口。

△仁巴子怒目而視，站在原地不動。

仁巴子：你想打架怎麼的？老子沒興趣，不玩就是不玩了！

龍　鵬：我龍鵬豪爽得很，從來就不計較幾十塊臭錢。玩，就要玩個痛快！

仁巴子：我喊一二三，你要是還不放開，就莫怪我不客氣了！

△陳強、吳原、小趙趕快勸架。

陳　強：你們這是怎麼啦？放開放開！

吳　原：算啦算啦，同船過渡，五百年修。都在一條船上過日子，打打鬧鬧像個什麼樣子！

△龍鵬與仁巴子相互攥著對方的衣領口攪在一起，大家勸解不開。

△喧嚷吵鬧聲越來越大。

△張士雄與翠翠上。

張士雄：放開放開，有話好好說嘛，動不動就打架，像個什麼樣子！

△張士雄插進去將龍鵬與仁巴子拉開，但他們仍叫罵著掙扎著撲向對方。

△陳強拽住龍鵬，吳原拉住仁巴子，眾人極力勸解。

△何甲大步上場。

何　甲：（冷冷地）都放開，讓他們兩人打，我倒要看看他們今晚鬧出個什麼花樣來！

△龍鵬與仁巴子頓時停止掙扎，眾人皆立在原地，屏聲靜氣地望著何甲。

何　甲：（聲音慢慢加大）龍鵬、仁巴子，打呀，你們打呀！硬是吃飽了撐得慌！我拿公款買來麻將、象棋、康樂球，是解悶娛樂的，不是要你們用來惹事生非的！既然這麻將你們不能受用，乾脆扔到江裏算啦，免得它擾亂船上的秩序！

△何甲用桌布將麻將一裹，欲扔出艙外。

△翠翠攔住。

翠　翠：爸，別扔！

何　甲：還嫌它惹的亂子不大是不是？

翠　翠：還是留給大夥娛樂吧。

張士雄：船長，大家日子難熬，就別扔了吧！

陳　強：留著它，咱們消遣打發時光。

△何甲猶豫。

張士雄：往後去，大夥兒在一塊玩兒，要和和氣氣、快快樂樂，不能像今天這樣吵吵鬧鬧、大打出手，行嗎？

眾　人：（七嘴八舌）行，再也不會了！其實也就這麼一次，脾氣一上來就爆發了，今後壓壓火氣不就得啦！

△何甲將麻將朝桌上猛地一摜，手一鬆，麻將散開，發出一陣嘩響。幾塊麻將掉落在地，發出清脆的響聲。

何　甲：今後再要這樣，我決不心慈手軟了！（頓了一頓，掃視眾人）為了嚴肅紀律，引以為戒，我宣佈：一個星期之內不許打麻將！龍鵬、仁巴子惹事生非，扣發半個月的獎金！

△何甲說完，頭也不回地走下。

眾　人：都怪龍鵬和仁巴子！不玩麻將，下象棋、打康樂球、甩撲克、聊天，也是一樣嘛。可哪有打麻將過癮呀？

張士雄：咱們最好換個法子娛樂娛樂。對了，吳原，你不是有個收錄機嗎？快去拿來，咱們請翠翠唱幾支歌，好不好哇？

眾　人：（鼓掌）好，太好啦！

翠　翠：我唱得不怎麼樣。

眾　人：總比咱們強。

翠　翠：不唱就是瞧不起咱們。

翠　翠：好，我唱，我唱。吳原，乾脆還帶兩盒舞曲來，我教大家跳幾個交誼舞。

吳　原：太好啦，我這就去拿。

△吳原跑下。

眾　人：（興奮雀躍）咱們還從沒這麼玩過呢！是該樂一樂、享受享受才是！

張士雄：快，大家佈置一下，要搞出點情調和氛圍來，真像一個晚會似的。

△眾人動手搬移桌凳。

△吳原拎收錄機、拿磁帶上。

△眾人圍坐舞臺四周。

△張士雄走至舞臺中央。

張士雄：各位觀眾親愛的朋友尊敬的來賓，晚上好——（鞠躬）

△眾鼓掌歡笑。

張士雄：「游江號」第一屆超級歌舞晚會現在開始！下面，有請當代著名校園超級紅歌星翠翠小姐為各位先生表演，讓我們以熱烈的掌聲表示真誠地歡迎……

△眾人拼命鼓掌，並伴有口哨聲。

△翠翠走至舞臺中央，其動作與聲音皆誇張地模仿港臺歌星的嗲聲嗲氣與一招一式。

翠　翠：（一甩頭髮）THANKS，THANKS！

眾　人：還是英語呢，真不愧超級紅歌星呀！翠翠是外語系的大學生，說英語是她的拿手好戲呢！那應該叫她中外著名合成音響家才是。

翠　翠：現在，我將演唱幾首大家十分熟悉的流行歌曲，希望得到各位朋友的喜歡，還希望各位先生密切配合，給我一點點掌聲，給我一點點支持，給我一點點溫柔的鼓勵喲！謝謝，非常感謝！

△翠翠的模仿惹得大夥哈哈大笑，前仰後合。

翠　翠：下面，我為大家獻上的第一支歌曲是《瀟灑走一回》。（唱）

天地悠悠過客匆匆潮起又潮落，

恩恩怨怨生死白頭幾人能看透？

紅塵呀滾滾癡癡呀情深，

聚散終有時。

留一半清醒留一半醉，

至少夢裏有你追隨……

△翠翠伴著卡拉 OK 帶邊唱邊舞。

△眾拍手打節奏，加入演唱：

我拿青春賭明天，

你用真情換此生！

歲月不知人間多少的憂傷，

何不瀟灑走一回……

△沸騰的歌聲笑聲響成一片。

△燈光漸暗。

△燈熄。

六

△燈驟亮。

△晨。江面籠罩淡淡的薄霧。

△東方天空，朝霞翻湧，江波萬頃。

△馬達鳴響，「游江號」即將離開彌州市順流而下。

王老闆：（高喊）喂，等一等！不要開船，等一等！

△何甲上。

何　甲：什麼事？

王老闆：急事，找船老大。

何　甲：我就是，什麼事？你說吧。

王老闆：你們的船開到哪裡？

何　甲：上海。

王老闆：（欣喜地）正好，我手頭有一批貨，得馬上運到上海，就找你們裝運好啦！

何　甲：咱們不能耽擱了，船上的貨，得按時趕到上海交清。

王老闆：你們的貨輪吃水淺，再裝個幾十噸絕對不成問題！老大，幫幫忙，裝了吧！至於運費，我出高價。另外，還會給你好處費。

△王老闆走近何甲，敬煙，順手將一個紅包塞了過來。

△何甲一手接煙，一手拿紅包，掂量猶豫。

何　甲：一共多少貨？

王老闆：就三十噸，都包裝好了。我多找些搬運工，保證兩小時上完貨。

△王老闆為何甲點煙。

△何甲噴出一口煙霧，沉思，抬腕看表。

何　甲：十點鐘上完貨，做得到嗎？

王老闆：（拍胸脯）十點鐘，沒問題，保證上完！

何　甲：好吧，一定要加快速度。

王老闆：行，貨馬上運到。老大，回頭再謝你！

△王老闆下。

△「嗚──」汽笛長鳴，「游江號」緩緩啟動。

何　甲：（趕緊將紅包裝進口袋，高叫）夥計們，停船，停船！

△馬達轟鳴聲止。

△張士雄、龍鵬等眾船員及翠翠跑上。

眾　人：（惶恐地）船長，怎麼啦？出了什麼事？

何　甲：停船裝貨。

眾　人：裝貨？

何　甲：對，裝貨！

眾　人：再裝貨，時間不更耽誤了嗎？

何　甲：這我已經考慮過了。（大聲地）夥計們，咱們船上雖然沒有雷達，但天氣已經轉晴，晚上也可以行船了。只要加班加點，就能準時趕到上海。那麼，現在這筆運費，不僅能夠彌補兩噸柴油的損失，咱們每人還能分得一筆獎金呢。

吳　原：好主意，一舉兩得。

龍　鵬：把這筆獎金賺到手，咱也要開開洋葷，到大碼頭上去瀟灑走一回。

仁巴子：要是賺了，打幾夜麻將的錢也有了。

何　甲：（露出難得的笑容）你就只認得麻將。

△眾笑。

△翠翠欣喜地望著何甲。

△張士雄蹙眉思索，陳國棟冷眼觀望。

張士雄：船長，他們一共多少貨？

何　甲：三十噸，運費出高價，不賺白不賺。

張士雄：「游江號」承受這批貨物，恐怕有一定的困難吧？

△眾人不解地望著張士雄。

何　甲：（臉色倏變）什麼困難？

張士雄：咱們這船，再裝個十噸問題不大，要裝三十噸，恐怕就超載了。

何　甲：（哂笑）沒想到張大副直到今天連咱們「游江號」的噸位都還沒有摸清楚。告訴你吧，再裝三十噸，不是超載，而是滿載！

張士雄：船長，「游江號」設備陳舊，年久失修，它的實際運載量比原定的噸位要減少幾十噸。

何　甲：（不耐煩地）「游江號」的情況，我比你知道得更加清楚，我說它沒超載，就沒有超載！

張士雄：風平浪靜則好，一旦遇上大風大浪，後果不堪設想！

何　甲：什麼設想我都考慮過！我一輩子在水上漂來漂去，什麼險惡的情況沒有遇到過？！「游江號」不怕任何風險，怕就怕人心渙散。張大副，我們現在需要的，是全體船員齊心協力，服從指揮，共同渡過難關！

張士雄：（稍頓）船長，我一片心跡，唯天可表！（望眾人）大家想想看，再裝三十噸貨運到上海，日夜兼程，至少還要五天。這五天時間裏誰能保證沒有狂風暴雨？一旦出現意外，將是船毀人亡啊！

△眾沉默不語。

張士雄：陳師傅，你是老水手，經驗豐富，請站出來說幾句良心話吧！

△陳國棟囁嚅著，猶豫不決。

△何甲掃視眾人。

△翠翠表情複雜地望著張士雄。

翠　翠：士雄，真有你說的那麼嚴重嗎？

張士雄：半點不假！

翠　翠：爸，你能保證貨船安全到達上海嗎？

何　甲：這點把握都沒有，我還當什麼船長！

△幕後響起急促的汽車鳴笛聲

△王老闆內喊：「船老大，貨到了，快上貨呀！」

張士雄：陳強、龍鵬、吳原、仁巴子、小趙，難道你們就不能說說自己的看法嗎？

何　甲：（惱怒）張大副，你也太有點喧賓奪主了！（命令）夥計們，貨已運到，時間緊迫，大家一齊動手，趕快裝貨！

△眾相互望著，誰也沒有移動腳步。

何　甲：怎麼，都不願幹？

仁巴子：張大副說的也有道理哇。

小　趙：船長，我心裏好像在打鼓。

吳　原：咱們上有老下有小，要是發生了什麼意外，那……唉，船長，我寧願窮一點，也不要獎金什麼的……

翠　翠：爸，你真的有把握嗎？

何　甲：（不理翠翠）夥計們，難到我會拿「游江號」和大家的生命開玩笑嗎？停船裝貨，我至少有兩點把握：一、天氣剛晴，不會馬上變化，我昨晚聽天氣預報，長江流域最近兩天沒有風暴；二、「游江號」並不像有些人說的破爛，再裝三十噸，完全沒有問題！

翠　翠：陳師傅，您認為呢？

陳國棟：唉，人老了，什麼也弄不清楚，腦殼裏頭一天到晚暈暈乎乎的。

翠　翠：陳強，你呢？

陳　強：我……這……（望望翠翠，望望張士雄，又瞥瞥何甲）我覺得你爸的分析好像更有道理一些。

翠　翠：張士雄，你還是原來的觀點？

張士雄：保持不變！

翠　翠：（對眾人）各位師傅，旁觀者清，當局者迷，我覺得我爸說得更有道理些。「游江號」這麼大一條船，還在乎那麼三十噸重的東西嗎？要說危險，不再裝貨同樣有危險。再說，一大筆運費，讓它眼睜睜地跑掉，不是太可惜了嗎？今天，咱們就得有點兒市場經濟的頭腦才行！各位師傅，我求求大家了，抓緊時間趕快上貨，快點開船吧！

張士雄：（惱怒地）翠翠，你只知其一，不知其二，不要瞎摻和！

翠　翠：（氣咻咻地）哼，你……

何　甲：這次賺的運費，扣去兩噸柴油的損失費，其餘的大夥平均分配。

△何甲不失時機地掏出那個紅包，打開，數著。

何　甲：我何某人說話算數！這樣吧，每人先分一百塊。剩下的，等到上海交貨結賬了再付。

△何甲分發鈔票，大家默默接過。輪到陳國棟時，他稍一遲疑，也接在手中。

何　甲：張大副，你的一百塊，就先存我這兒，你願什麼時候拿都行。（趁熱打鐵）夥計們，乾脆，大家來個民主表決，同意停船裝貨的請舉手！

△何甲率先舉手。

△龍鵬等年輕水手相繼舉起臂膀。

△陳國棟望望眾人，也慢慢地舉起了右手。

△張士雄無可奈何地長歎一聲。

何　甲：張大副，你不總是說要民主的嗎？這回，可是按你意見辦的，總該心滿意足了吧？少數服從多數，我想這條原則你肯定是背得滾瓜爛熟的囉，哈哈哈……

△何甲大笑著下。

△龍鵬等年輕水手隨下。

△翠翠跟下。

△陳國棟慢悠悠地走下。

陳國棟：（邊走邊捶腿，自言自語）老毛病，又犯了。這輩子，恐怕是治不好囉。唉，照這樣子下去，要出事的，總有那麼一天，「游江號」要出亂子的喲……

△張士雄獨自一人站在舞臺中央，一道光束射在他身上，顯得非常孤獨、壓抑與痛苦。

△馬達聲止。

△燈暗。

七

△微光中，「游江號」平穩地航行。

△貨艙內貨物堆成小山狀，上蓋防雨布，捆綁得嚴嚴實實。

△燈漸亮。

△何甲艙室。

△何甲端杯大口喝酒，翠翠坐床沿漫不經心地翻看雜誌。

翠　翠：（抬頭）爸，別喝了，小心醉倒。

何　甲：（舉酒瓶晃晃）還剩小半瓶，留它幹什麼？翠翠，你放心好啦，這點酒打不倒我的！想當年，我一口氣喝了兩斤老白乾，連菜都不要呢。咳，年紀大了，（放酒瓶）可這點酒，算得了什麼！

△何甲倒酒。

△何甲愜意地喝酒。

何　甲：人生難得幾回樂，翠翠，今天，我實在是太高興了！大夥兒服從指揮，都聽我的，儘管張士雄從中作梗，也奈何不得。這說明什麼？說明我何甲人緣好，威信高，還說明我秉公辦事，作風民主，哈哈哈……翠翠，你評評看，我是不是一個稱職的船長，算不算得上一個好船長，啊？

翠　翠：我認為……怎麼說呢？（斟酌地）在某些方面，你算得上一個合格的船長……

何　甲：翠翠，有你這話，我心底也踏實了。

翠　翠：可是，在另外一些方面，我覺得你還不夠稱職。

何　甲：（舉杯的手停有空中，急切地）哪些方面？

翠　翠：比如說，你跟陳師傅，矛盾就不小哇！

何　甲：誰說的？

翠　翠：大家都這麼說。爸，你們兩人之間，到底是怎麼一回事呵？

何　甲：（故作平淡地）也沒什麼。他原來是這條船的船長，後來，上級領導培養我，就把他冷落了。他自然不服氣，就故意找我的岔子。日子一長，兩人免不了會發生一些糾紛。其實，有矛盾有糾紛，是很正常的事情。這些年，我就是在矛盾與鬥爭中闖過來的。（萬分感慨地）翠翠，你可別小瞧咱們這條不大不小的貨船，要管好它，不容易呀！我這船長，才不好當呢！要聯繫貨源，打通關節，跑上跑下，操盡了心，求爹爹告奶奶，稍有閃失，就寸步難行啊！還有內部，也是人心不一，複雜得很……唉，翠翠，不是爸不讓你上船，我是不想讓你知道這一切啊！

△何甲仰脖一口喝完，拎酒瓶又倒。

翠　翠：爸，你不能再喝了！

△翠翠上前奪過何甲手中的酒瓶，旋緊瓶蓋，塞進床底。

何　甲：只倒了小半杯，要是動作快一點，也就倒滿了。翠翠，跟你打個商量，把這杯倒滿行不行？就這一杯，喝完了，老子真的不喝了，決不說假話！

翠　翠：不行！再嚷，連這小半杯也不讓喝了！

何　甲：好好好，不要了不要了，小半杯就小半杯吧，老子細水放長流，慢慢地喝。翠翠，你看，「游江號」裝了三十噸貨，不是行得又快又穩嗎？可張士雄偏要自作聰明，突出自己表現自己。翠翠，這下你該看清楚了吧？還要我為你解釋什麼嗎？

翠　翠：張士雄爭強好勝固然不好，但也應該看到他的長處。他聰明能幹，吃苦耐勞……

何　甲：（打斷）別在我面前瞎吹他了。

翠　翠：實事求是嘛！想想那次，要不是他救我一命，今天還能和你這麼坐在一起嗎？

何　甲：翠翠，都怪我，不能在岸上好好照顧你，是我的不好！

翠　翠：不，都是媽媽不好，她拋棄了你，扔下了我，沒有盡到一個妻子、一個母親的責任，她的心太狠太辣了！

△何甲仰脖喝完，扔掉酒杯，瞪著佈滿血絲的眼睛望著翠翠。

何　甲：翠翠，你已經長大成人，明年，就該大學畢業獨立生活了。有些事，我不能再瞞著你了。

翠　翠：（緊張地）爸，你都瞞了我一些什麼事？快告訴我！

何　甲：翠翠，你經常提到媽媽，一提起她，總是充滿了怨恨，可是……可是……你……你……

翠　翠：爸爸，我……我……

何　甲：（爆發地）翠翠，你根本就沒有媽媽！

翠　翠：這……這……怎麼可能呢？

何　甲：我這輩子根本就沒有結過婚。

翠　翠：啊？！

何　甲：翠翠，你……你是我撿來的，一天晚上在長江岸邊撿來的……

翠　翠：不，我不是你撿的！爸，你騙我，騙我！你喝醉了，在說酒話，說醉話，說胡話！

何　甲：我沒醉！這輩子，我從來沒有真正地醉過。有時，我真想醉上那麼一次，什麼也不知道，什麼也不想，什麼也不管……（神往地）那該多麼舒暢，多麼幸福啊！

△翠翠從床底拿出酒瓶遞給何甲。

翠　翠：爸，那你就好好地醉一次吧！有我在船上，會好好照護你的。爸，你就放心大膽地醉一回吧！

何　甲：可是，我做不到。特別是現在，重任在身，我更是不能醉倒啊！

翠　翠：有張士雄和大夥兒，「游江號」出不了事的！

何　甲：我不放心呵。翠翠，我心裏清楚，大夥兒心懷不滿，對我有意見，都在暗地裏跟我作對。特別是陳國棟，你別看他表面唯唯諾諾，可心底，他只想看我栽跟頭呢！其實，我跟他的矛盾，也是因你而引起的……

翠　翠：（指自己）我？

何　甲：對！翠翠，別激動，好好坐下，過去一些事，聽我一五一十地告訴你吧。

△翠翠呆呆地望著何甲，淚水情不自禁地湧上眼眶。

何　甲：（回憶）那天晚上，咱們的船停在一個荒灘野地……周圍靜悄悄的，連狗叫的聲音也沒有……突然，傳來了嬰兒哇哇的哭聲，哭得好厲害，好可憐喲……我就上了岸，結果一個人影也沒見到，就只有咱們這艘黑糊糊的船影。順著哭聲，我很快就找到了你，孤單單的一個人，躺在一個破破爛爛的籮筐裏……

△翠翠哭泣。

何　甲：莫哭莫哭，你一哭我就講不下去了。

△翠翠強忍悲痛，肩頭仍在抽搐。

何　甲：那時候，我都快三十歲的人了，因為是個水手，一直找不到合適的媳婦。但我多麼渴望能有一個溫暖的家庭，有一個可愛的小寶寶啊！一見到你那可愛的模樣，我的心裏馬上湧出一股強烈的父愛，怎麼也捨不得丟下你，就把你收養了……這，恐怕就是咱們父女倆的緣分吧。

△翠翠淚流滿面，何甲伸手為她揩試。

何　甲：我要行船，沒法帶你，就把你寄養在別人家中。長到 3 歲，你已經很懂事了，就想把你帶在船上跟我一起生活，可陳國棟怎麼也不答應。那時候，他是這條船的船長，他說行船有規矩，不准帶家屬，更不能帶女人，他說把你帶在身邊會影響工作，影響「游江號」的正常航行……我說我情況特殊，要特殊處理，我非把你帶在身邊不可！兩人就大吵起來，我氣得不行，一拳頭打在他鼻子上，打得他血流滿面……可是，最後還是我輸了，不僅沒能帶成你，還受到公司的處分，辦了我一個月的學習班。於是，我就發誓，一定要混出個人模狗樣來，當上「游江號」船長，也讓陳國棟領教領教我何甲的厲害……

翠　翠：爸，這些年，為了我，你真是吃盡了苦，受夠了罪，我……

何　甲：我也想為你找一個媽媽，好好照看你。可是，單身水手都找不到媳婦，何況我養了一個孩子，又有哪個女人願意跟我在一起過呢？好在日子一長，慢慢地我也就習慣了……

翠　翠：（激動地撲在何甲懷裏）爸，你就是我的親爸，比親爸爸還要親，是我最好最好的爸爸！……

△燈暗。

八

△夜。明月高懸，航標燈閃閃爍爍。

△「游江號」順流而下。

△船舷一側，翠翠在踱步。

△陳強上。

陳　強：翠翠！

翠　翠：（一驚）啊！誰？

陳　強：我，陳強。

翠　翠：哦，是你，有事嗎？

陳　強：不當班，閒得無聊，悶得發慌，到處轉轉，想跟你聊聊。

翠　翠：噢，差點忘了，上午裝貨，虧得你向著我父親，可得好好地謝你呢？

陳　強：要說謝，應當感謝你的一雙眼睛才是。

翠　翠：眼睛？

陳　強：是呵，你的眼睛是那明淨的秋水，你那目光是我心靈的安慰。翠翠，為了你這雙眼睛，即使赴湯蹈火，我也在所不辭！

翠　翠：陳強，我現在心裏很亂，你能不能讓我一個人安安靜靜地待一會兒？

陳　強：行，這可沒說的！我這就給你提供一個安靜有利的環境，讓你作出重大的選擇。翠翠，我等著你的回話呢。拜拜——

△陳強下。

△翠翠踱來踱去。

△翠翠信步走向船尾。

△船尾。張士雄獨自一個人坐在甲板上一閃一閃地抽煙。他歎了口氣，抬頭凝望深邃的夜空。

△翠翠一步一步地走近張士雄。

張士雄：（猛然站立，回頭，譏諷地）咱們未來的女船長親自巡視「游江號」，有失遠迎呀！

翠　翠：別這麼陰陽怪氣的，把你的煙給我一支。

張士雄：呵，還真有那麼一股子巾幗英雄的氣派呢！

翠　翠：到底給不給？

張士雄：女船長之命，張大副敢不服從？

△張士雄掏煙。

△翠翠接煙，故作姿態地銜在嘴裏。

翠　翠：火呢？

張士雄：正好，我滿肚子都是火。

翠　翠：（爆發地）有火的不是你，應該是我！你不是答應對我爸要好一點，給他一點溫暖和親情的嗎？虧你還是個男子漢，說話半點不算數，還反過來對我發火！

張士雄：翠翠，我何嘗不想賺錢？可這次實在是太冒險了！

翠　翠：難道「游江號」就你一人聰明？就你一人懂行？就你一人憂天憂地憂國憂民憂船憂貨，其他的都是一群傻瓜蛋？「游江號」裝了貨，現在不是行得好好的嗎？

張士雄：不出事故，當然是你好我好，大家都好。要是一旦遇到風險，而我明明知道，卻不出來阻攔，那就是犯罪啊！

△張士雄掏煙，點燃，猛吸。

翠　翠：別抽這麼凶，小心傷了肺！

△張士雄緊盯翠翠臉龐。

△靜場。

張士雄：翠翠，你還記得我是怎樣當上水手的嗎？

翠　翠：記得，當然記得，我一輩子也忘不了……（緩慢、輕柔地）那次，為了救我，你差點被水淹死……當時，你醒來的第一句話，就是發誓做一個優秀的水手，征服江河流水……

張士雄：是的，我說過要成為一名優秀的水手！我雖然算不上優秀，但這些年，我拼命地鑽研、摸索，也掌握了一點真本領。公司新上任的領導經過嚴格考核，才把我從另一條船上調到「游江號」當大副，做你爸爸的下手。剛一上船，我就發現不少技術、管理上的漏洞，有時甚至是嚴重違反了科學操作規程與行船規律。（激動地）今天，我是出於一種責任、一種義務，才站出來的呀！可你總以為我跟你父親過不去，翠翠，我幹嘛非要跟他過不去呢？況且，他是你的父親啊！唉，處在我這個位置，真叫人左右為難呀！

△張士雄又是一聲歎息，將煙蒂扔在甲板上，用腳碾滅。

△燈熄。

九

△燈光微弱。

△夜。月亮鑽入雲層，天地間頓時暗下來。

△駕駛室內，龍鵬和小趙值夜班。

小　趙：天氣好像變了。

龍　鵬：待會兒，月亮興許還會出來的。

小　趙：江面越來越模糊，咱們又沒有雷達，我真擔心觸礁。

龍　鵬：別婆婆媽媽的，沒有雷達，有探照燈和航標不也一樣嗎？

△雲層慢慢積聚。

△烏雲越積越厚，很快遮沒了整個天空。

△大地一片漆黑。

△風漸起，江面騰起波浪。

龍　鵬：哎呀，天真的變了，船長不是說最近幾天不會變天的嗎？

小　趙：是呀，這老天怎麼像個娃娃臉！

龍　鵬：夏天就是這樣子，像個不要臉的婊子，說變就變，淫蕩得很。

小　趙：風越刮越大，怎麼辦？

龍　鵬：興許只刮一會兒就沒事了。

△沉默。

△小趙與龍鵬全神貫注地操作。

△風漸大。

龍　鵬：看樣子，這風一時半刻停不了。

小　趙：「游江號」受得了嗎？

龍　鵬：得避一避才是。

小　趙：附近又沒港灣，上哪兒去避？

龍　鵬：只有拋錨，找一個拐彎點的地方，將船牢牢地拴在岸邊。

小　趙：風越刮越邪乎，得抓緊時間趕快拋錨，我去請示何船長。

△小趙邁步。

龍　鵬：何船長一再強調加快速度，要把耽誤的時間趕回來，他會同意拋錨嗎？

△小趙止步。

小　趙：那……去找張大副。

龍　鵬：張大副的話不起作用。

小　趙：到底怎麼辦？

△龍鵬思索。

小　趙：抬腕看錶。

小　趙：離交班還差七分鐘。

龍　鵬：馬上就歸何船長和仁巴子接班了。七分鐘，咱們熬一熬，就過去了，不會出事的。到時候一交班，讓何船長自己看著辦吧。

小　趙：行，這主意不錯。七分鐘，說什麼也得挺過去。

△烏雲翻滾，風聲呼呼，巨浪騰空。

△何甲與仁巴子上，大風刮得他們步履踉蹌。

何　甲：這鬼天氣，真沒想到呀！這鬼風，越刮越邪乎了！

△何甲走近龍鵬與小趙。

何　甲：（嚴厲地）變天了，怎麼不報告？

龍　鵬：（支支唔唔地）這……唔……嗯……（眼珠一轉）才颳風，來不及報告。

小　趙：（附和）是呀，剛才天上還掛著一輪明月呢。

仁巴子：船長，下雨了！

△豆大的雨點從空中灑落，打在艙頂及油布上，「劈啪」直響。

△風助雨勢，波濤洶湧澎湃，「游江號」在劇烈的顛簸中艱難航行。

仁巴子：船長，「游江號」快挺不住了。

何　甲：（自言自語）人倒楣，真是喝涼水也塞牙，連天氣預報也不靈了！（大聲命令）趕快拋錨！

龍　鵬：是！

何　甲：仁巴子，拉警報！

仁巴子：是！

△一聲淒厲的汽笛長鳴。

△眾船員與翠翠跑上。

何　甲：夥計們，咱們遇到了狂風暴雨，現在，得趕快拋錨！弟兄們，我們要齊心協力，誓死保住「游江號」！

陳國棟：怪不得我這腿生疼生疼的，原來是有大風暴！（捶腿，婉轉地對何甲）船長，這裏沒有港灣，也沒有避風處……

張士雄：（焦躁地），風浪太大，船又滿載，難以拋錨！

陳國棟：就是拋錨成功，巨浪沒遮沒攔地打過來，「游江號」也抵擋不住。

△何甲沉吟不語。

張士雄：要想保住貨船，只有減輕它的重量和壓力。

何　甲：你的意思……是把貨物扔進長江？

張士雄：如果不扔貨，就有可能船翻人亡！

何　甲：（堅決地）不，決不能扔貨！夥計們，趕快拋錨！只有拋錨，才是生路（高聲）現在，我以船長的身份命令你們：張士雄和吳原負責鐵錨，陳強拴銜纜，龍鵬拴尾纜，仁巴子拴電纜，陳師傅負責柴油機，小趙負責探照燈，我掌舵盤。夥計們，你們聽著，任何人必須服從指揮，聽從命令，不得以任何藉口違反紀律！我們一定要誓死保住「游江號」！（稍頓）現在，各就各位！

△眾人跑下。

△張士雄跟下。

陳國棟：老天保佑，平平安安……

△陳國棟喃喃祈禱著下。

翠　翠：爸，我也幫著幹點什麼吧！

何　甲：站一邊去，別礙手礙腳的。

△何甲掌舵，小趙控制探照燈，翠翠焦急地望著前方。

△探照燈耀眼的光芒忽上忽下、忽左忽右晃動不已。

△馬達聲突然轉調，變成嘶啞的吼叫。

△馬達聲漸弱，燈暗。

小　趙：船長，柴油機又壞了！

何　甲：小趙，快去幫助陳師傅。

△小趙跑下。

△馬達「嗵嗵」兩聲響後，鳴聲停止。

何　甲：（跺腳）該死的柴油機，偏偏趕在這個節骨眼上又壞了！

△風聲、雨聲、濤聲攪在一起。

△內喊：「船往左偏了！」「船朝左歪了！」「船快打翻了！」

翠　翠：爸爸，我們可怎麼辦啦？

△耀眼的閃電掠過長空，照在何甲慘白的臉上。

△沉悶的雷聲。

△暗轉。

△機艙內。燈光微弱。

△陳國棟鼓搗柴油機，小趙在一旁亮著手電筒。

小　趙：要是在彌州市換上新零件就好了。

陳國棟：（滿臉汗珠，全身顫抖）我說過，總有一天要出事的……

小　趙：（帶哭腔）陳師傅，你倒是快點呀，咱們快完了！

△陳強、吳原跑上。

陳　強：爸，船快打翻了！

吳　原：師傅，又是哪兒壞了？

陳國棟：吳原，快過來，幫我把這顆螺絲擰開。

吳　原：是！

△吳原手腳麻利地幫助陳國棟修理。

△風聲、雨聲、雷聲、濤聲從艙外傳來。

△「嗵嗵嗵」一陣響，柴油機又開始轟鳴。

△陳國棟滿臉油污地站起身。

陳國棟：吳原留在這，強子、小趙，你們趕快到艙面去幫忙！

陳　強：是。

△陳強與小趙跑下。

△暗轉。

△駕駛室內。

何　甲：（對著擴音機發佈命令）夥計們，火速歸位，繼續拋錨，趕快拋錨！

△探照燈射出岸邊陡峭的岩石。

△陳強跑上。

陳　強：（氣喘吁吁地）何船長，岸邊全是岩石，無法拋錨！

△何甲沉默。

△狂風呼嘯、暴雨如注、雷聲隆隆、波濤洶湧，天地間一片喧嚣，「游江號」在風浪中艱難地掙扎著。

△張士雄匆匆跑上。

張士雄：船長，「游江號」處境萬分危急，快拿主意吧！

何　甲：（咬牙，狠心地）就照你說的辦，拋貨吧！

張士雄：風浪太大，時間緊迫，拋貨已經來不及了！

△何甲全身震顫，不禁倒抽了一口冷氣。

何　甲：「游江號」是咱們的命根子，無論如何也要保住！

張士雄：船長，我倒有一個法子，但是，得冒很大的風險。

何　甲：（急促地）什麼法子？快說！只要能救船，冒多大的風險都行！

張士雄：調轉船頭，迎著風浪開上去！

何　甲：（大驚）啊，你說什麼？！調轉船頭，「游江號」不是馬上就會被風浪打碎嗎？

張士雄：現在，風浪從後面、左邊、右邊打來，「游江號」貨多，不能靈活避開，貨船實際上已經失去控制，只能聽憑風浪擺佈。如果掉轉船頭，迎著風浪朝上開，被動可以變為主動，引擎的作用就能得到發揮，「游江號」才有生路！

何　甲：我行了一輩子的船，遇過無數次大風大浪，還從來沒有聽說你這法子能夠保住貨船。

張士雄：我也是在一本書上看到的，有人用過，結果絕處逢生。

△內喊聲：「船打壞了！」「船快散架了！」

何　甲：（仰首長歎）老天，你怎麼這樣絕情呀！

△內傳來絕望的呼號：「船進水了！」「完啦，游江號完啦！」「天啊，咱們怎麼辦呀？」

翠　翠：（全身抖顫）爸，快……快想辦法呀爸爸！

何　甲：（孤注一擲）張大副，就照你說的辦，調轉船頭！

△何甲讓開舵盤。

△張士雄轉動舵盤。

何　甲：陳強，你和龍鵬、仁巴子，趕快準備舢板和救生圈，隨時聽從我的命令！

陳　強：是！

△陳強等人跑下。

何　甲：翠翠，不要怕。有爸爸在，你不要害怕。

翠　翠：（牙齒上下嗑動）爸……我……我不怕……

△張士雄全神貫注地轉動舵盤。

△貨輪艱難而緩慢地移動方向。

何　甲：橫過來了……快，朝左，快往左邊打！

△貨輪慢慢地轉過頭來。

△貨輪迎著狂風巨浪。

張士雄：方向轉過來了！

何　甲：張大副，沈住氣，加碼，快加碼！

△張士雄加大馬力，升到最高檔。

何　甲：（指前方）大浪，趕快躲開！

△張士雄急忙往左邊轉動舵盤。

△「游江號」躲過迎面打來的巨浪。

翠　翠：（吁了一口氣）終於躲開了。

△貨輪迎著狂風巨浪向前緩緩駛動。

△貨輪劇烈地顛簸著。

△陳國棟手舞足蹈地跑上。他精神煥發，彷彿變了一個人似的。

陳國棟：保住啦，咱們「游江號」保住啦！

何　甲：（擔憂地）陳師傅，你的柴油機……

陳國棟：交給吳原啦，不會出毛病了！（抓過望遠鏡）張大副，全速前進，開到對岸去！那邊是沙灘，只要衝上去，咱們「游江號」就保住了……左，對，左邊點兒，避開這個大浪……唉，我真是越老越糊塗了，我師傅臨終前教過我這個法子，他說遇到特大風浪，船又無法靠岸，唯一的辦法，就是迎著風浪上！這是一條沒有出路的出路，因為掉轉船頭稍有閃失，船就會被風浪打翻打碎；如掌握得當，就能死裏逃生……唉，幾十年啦，一直沒用上，我都忘得一乾二淨啦……瞧，沙灘！那不是沙灘嗎？！哈哈哈……只要衝上沙灘，船就保住啦！

何　甲：張大副，快，衝上去，快衝上去！

張士雄：是！

△眾人摒聲靜氣地凝望前方。

翠　翠：哎呀，又來了一個大浪，士雄，趕快躲開！

陳國棟：不，這個大浪不要躲！張大副，對準浪頭，照直衝過去，要不顧一切地衝上沙灘，越快越好！

張士雄：我知道。

△張士雄攥緊舵盤。

△「游江號」迎著大浪衝了上去。

△「游江號」湧上浪尖。

△「游江號」猛然跌入波谷。

翠　翠：（一聲驚叫）啊──

△「游江號」乘勢衝上岸邊沙灘。

陳國棟：（右手握拳砸在左手手心）好，衝上去啦，「游江號」保住啦！

翠　翠：（興高彩烈地）脫險啦，脫險啦，咱們脫險囉──

△幕後傳來眾水手的歡呼聲。

△張士雄揩去額上的汗珠，面露微笑，疲倦地靠在舵盤上。

△何甲吁出一口氣，顫抖著摸出一支香煙，背轉身點燃，掩飾著內心的激動與尷尬。

△風聲、雷聲、雨聲、濤聲仍在交織轟響。

△又一道閃電劃過茫茫夜空，將大地照得雪亮雪亮，緊接著響起一聲驚心動魄的雷鳴。

△燈光漸弱，只剩一絲朦朧的光線。

十

△熾亮的燈光。

△雨過天晴，紅日當空。

△江水如萬馬奔騰，兩岸的莊稼、樹木青翠欲滴。

△「游江號」平穩地向東航行。

△何甲艙室。

△翠翠收拾包裹。

△陳強上。

陳　強：翠翠，南陵城就要到了，包裹行李收拾好了嗎？

翠　翠：正收著呢。

陳　強：我能夠幫你做點什麼嗎？

翠　翠：不用，馬上就好。

陳　強：翠翠，現在，我要向你正式公佈一條特大新聞！

翠　翠：（停止動作，望著陳強）什麼新聞？你呀，一會兒是重大機密，一會兒又是什麼特大新聞，陳強，你肚裏哪來這麼多的花花腸子？

陳　強：（唯妙唯肖地模仿）中央人民廣播電臺，現在是新聞節目時間，首先請聽內容提要，「游江號」水手陳強希望大學生翠翠提供給他的所謂機會、選擇與答覆，已經明確宣告作廢！

翠　翠：（故意地）為什麼？

陳　強：下面播送詳細內容，不知怎麼回事，一夜之間，陳強突然覺得自己長大了十歲。於是，他就覺得以前那些念頭與想法實在是太幼稚、太可笑了……

翠　翠：（打斷）不是可笑，而是好笑。（大笑）

陳　強：管它可笑、好笑，反正都是一回事！好了，你快點收拾吧，我就不打擾了。

△陳強轉身。

△陳強唱：「不要問我從哪裡來，我的故鄉在遠方，為什麼流浪，流浪遠方……」

△陳強邊唱邊下。

△「嗚──嗚──」兩聲汽笛長鳴。

△張士雄跑上。

張士雄：翠翠，南陵城到啦，東西收拾好了嗎？

翠　翠：收拾好啦。

張士雄：來，我幫你拎出去。

△張士雄拎包。

△張士雄與翠翠邊走邊談。

張士雄：對這幾天的船上生活，你有一些什麼感想？

翠　翠：感慨萬端，一個總的印象，就是感到大夥兒活得……怎麼說呢？嗯……都活得很好，也很頑強，給了我不少自信、力量和勇氣，並促使我在內心作出一個重大決定。

張士雄：什麼決定？

翠　翠：明年畢業了，我將去南方的經濟特區，在那兒好好地闖蕩一番。只有歷經風浪與磨練，才能真正變得成熟起來。

張士雄：你學的外語，那邊正好用得著。

翠　翠：（凝眸含情）士雄，你放心好啦，不管走到哪，我都不會忘記你的……

張士雄：（笑了笑）我不需要許諾，一切順其自然吧。

△「游江號」停在南陵城岸，岸上高樓林立，煙囪聳入雲端。

翠　翠：哦，船靠岸了。

△眾水手上，與翠翠話別。

吳　原：翠翠，感謝你給我們帶來了快樂與歡笑。

陳　強：翠翠，你給咱們帶來的東西實在是太多了，大夥兒打心眼裏感謝你呢。

龍　鵬：是呵，要不是你，那副麻將不早就餵鱉了！

仁巴子：今後只要一摸麻將，咱們就會想到翠翠的好處。

△眾人笑。

翠　翠：不要整日只想著打麻將，要把歌唱好，把舞跳好，更要把業務鑽研好，把船開好！到時候，我要上船來當考官的，要是哪個不及格，可莫怪我翠翠不客氣囉。

龍　鵬：就跟過去的教書先生一樣，要打屁股是不是？

△眾人哄笑。

陳國棟：翠翠，你再上船，就見不到我了。

翠　翠：為什麼？

陳國棟：人老啦，要退休囉！

陳　強：爸，你捨得退？

陳國棟：人老不值錢，再也風光不起來啦，這是自然規律呢！

△眾人笑。

△何甲上。

△眾人止笑。

眾　人：翠翠，你爸給你送行來了。

何　甲：翠翠，這次，我要一直把你送到學校。

眾　人：（驚異）船長，你……

何　甲：夥計們，我想向大家請幾天假，在南陵城待幾天，好好地轉一轉、玩一玩、散散心，還想辦一些應該辦的事情。

翠　翠：爸，你的船……

何　甲：船……我的船……（望大夥）沒有我，「游江號」一樣到得了上海，一樣能夠按時交貨。唉，這些年，我實在是太累了，這回也想偷幾天懶，不知大夥兒答應不答應？

眾　人：船長，你真的上岸？

張士雄：（遞提包給何甲）船長，轉回南陵城，咱們在這兒接你。

眾　人：對，咱們在這接你上船！

翠　翠：（高興地）太好了！爸，這幾天，我要好好地陪著你、侍候你、孝敬你，報答你的恩情！

何　甲：夥計們，我……

△何甲想說什麼，嘴唇囁嚅著，終未說出。

翠　翠：爸，我們走吧。

△翠翠跨上跳板。

△何甲拎包跟上。

眾　人：翠翠，再見！

△眾人揮動手臂。

張士雄：船長，再見！

眾　人：船長，再見！

△何甲與翠翠轉身面向大家不斷地揮動手臂。

△暗轉。

△高遠湛藍的天空。

△「游江號」在寬闊的江面航行。

△眾水手豪放的歌聲，伴以勞動操作的舞蹈：

頭頂的天亮燦燦，
腳底的水流不完。
滿載的船兒扛在肩，
哦嘿哦嘿天變藍道路寬。
貨船上下游，
江水長綿綿……

△整齊的吼叫，剛健的舞蹈：

哦嘿哦嘿，哦嘿哦嘿！
天變藍，
道路寬……

△劇終。

（原載《楚天藝術》1996 年第 2 期、《新劇本》1996 第 5 期）

土地無邊

（無場次話劇）

時間：當代。

地點：江南某偏僻山村。

人物：胡佑華——年近60歲，普通農民。

胡生富——33歲，胡佑華長子。

桃　子——胡生富妻。

旺　旺——8歲，胡生富兒子。

胡生菊——30歲，胡佑華女兒。

胡生貴——25歲，胡佑華二子。

茶　花——胡生貴妻。

胡生發——19歲，胡佑華三子。

謝拐子——鄉村遊手好閒的無賴之徒。

村民甲、村民乙、郵遞員等。

△幕啟。燈光明亮。

△江南某僻遠山莊，一幢幢房舍依山而築，房前屋後，綠樹掩映，翠竹環繞，顯得十分寧靜、原始、古樸。

△胡佑華家，三正一偏的紅磚紫瓦房。一條崎嶇不平的土路從房前經過蜿蜒著伸向遠方，消失在朦朧的地平線。

△胡佑華蹲在屋前的稻場上，一口接一口地抽著煙鍋。大兒胡生富彎腰湊在他的身邊，巴結似地說著什麼。

胡生富：爸，俺跟生菊妹都講好了，想到荊市碼頭去做點小本生意，您看麼樣？

△胡佑華抽煙不語。

胡生富：聽說在那裏賣鹽茶蛋、麻辣魚、速食飯，還有瓜子水果什麼的，賺錢得很，一天平均扯下來，掙個三五十元不成問題。

△胡佑華仍是沉默。

胡生富：爸，這樣的好事，打起燈籠都難找呢！行，還是不行，就您一句話了！

胡佑華：（終於開口）這樣的大好事，怎麼人家都不想做，偏偏跟你一個人留著呀？！

胡生富：自然是好多人都想做，但得有關係路子才行呀！要打通碼頭上紅道黑道的關節，要在碼頭附近租得到一間住房，要有可靠的進貨渠道……這些，可不是一般人辦得到的。正巧生菊妹的男人有這方面的路子，一些該辦的事，都可以幫我辦得到。

胡佑華：鳥兒大了，翅膀硬了，要飛，當然是好事……

△胡佑華「吭吭」咳了兩聲，取下煙鍋，在地上磕著餘燼。胡生富趕緊掏出一支過濾嘴香煙遞了過來。

胡生富：爸，抽這個，換換口味。

胡佑華：（抬頭望了他一眼）你又不抽煙，哪來過濾嘴？

胡生富：謝拐子從廣州回來，說是做了一筆生意，賺了錢，在村委會門口請客「耍條」。我當時在場，就接了一支。

胡佑華：謝拐子？那傢伙不地道得很，曉得他在外面又搞了一些什麼鬼名堂！

胡生富：不管白貓黑貓，抓得到老鼠就是好貓。

胡佑華：所以你想跟他一樣到外面去學幾招？

胡生富：我跟他？根本不搭界呢！他不過一個混混，而我，您又不是不曉得，就是到外頭去掙錢，也只能掙幾個血汗錢。

△胡佑華不語，胡生富將紙煙遞到他嘴邊。

△胡佑華只得銜住，掏出一次性塑膠打火機點燃。

胡佑華：（抽了一口）這是麼味？半點勁頭都沒有。（取出香煙揪掉過濾嘴，吧吧吧地再抽）沒有味，一點也不煞癮，還是俺的老葉子煙好！

△胡佑華將紙煙扔在地下，掏出一把煙絲捲成煙筒塞進煙鍋，有滋有味地抽了起來。

胡佑華：老大，你莫以為外面就什麼東西都好，常言道，在家千般好，出門一日難，你是沒有嚐到外頭吃苦的滋味……

胡佑富：就是吃苦，我也想嚐嚐。老二生菊嫁到城裏，戶口也轉去了；老三生貴是個泥瓦匠，一年四季不落屋，今年正月剛結婚，蜜月都沒度完，就把茶花丟在家裏頭，走了；老么馬上高中畢業，到時也要考大學進城。咱兄弟姊妹四個，就俺一輩子待在山旮旯裏頭，我總是有點不甘心。

胡佑華：到外頭做事可要本事呢！

胡生富：村裏一大半青壯勞力都到外頭打工去了，莫非我胡生富就比他們差蠻多？只要肯下力、吃苦，我就不信趕不上謝拐子！

胡佑華：生富，若論種田，你是一個好手，可到外頭去幹活，我真擔心你打不開場子，人太老實太本分就會吃虧受罪呢。

胡生富：爸，你怎麼總想把我箍在屋裏頭？

胡佑華：哪個想箍你？俺巴不得姑娘兒子一個個有出息，一個個跑到外邊去幹點大事兒。當然，要是到外面去受罪、去吃苦、去做下等人，我是堅決反對的。那樣的話，倒不如待在家裏種幾畝田地，過幾天安穩日子。

胡生富：我安穩夠了，只想到外頭去闖一闖！

胡佑華：你當外頭遍地都是金子銀子，只要弓弓腰，就撿得著的麼？當年，你叔父胡佑榮還不是一心只想飛出去，結果麼樣？幾十年了，直到今天半點音訊都沒有，恐怕早就死在外頭，連一把屍骨也沒收到……

胡生富：爸，你這是在詛咒我呢！

胡佑華：詛咒你？老子詛咒你？！哪有父親詛咒兒子的！（氣憤地指著兒子）我看你想出去都有點想瘋了，就來專門找老子的歪！你……你既然鐵心鐵意想出去，還來假心假意地跑來找我做什麼？

胡生富：（順從地）爸，你莫生氣呀爸，我跟你商量著呢，你要是不答應，我就守著田地、守著房屋、守著妻兒，哪裡也不去！

胡佑華：（瞧著生富一副可憐巴巴的樣子，不覺怦然心動）老大，你實在是想出去，我也不攔你，只是……有些話，當說的還是要說，聽不聽，就是你的事了。你既然鐵了心想出去，那……就走吧！

胡生富：我……我想把媳婦桃子也一起帶出去……

胡佑華：她是一個蠻不錯的幫手，當然要帶出去呀。你們若在外面吃不消，隨時都可以回來的。

胡生富：爸，家裏的田地……還有旺旺在村裏讀小學……

胡佑華：（揮揮手）都交給我得了，你就安心安逸地出去發你的大財去吧！

胡生富：那就辛苦您了……

胡佑華：（爆發地）老子這輩子就是你們不花錢的長工！把你們一個個拉扯成人、娶親完配，以為可以緩口氣享享福了，哪個曉得還要跟你們帶兒子、守房子、種穀子……不把俺的幾根老骨頭累斷你們肯定是不會甘休的，只有哪天眼一閉、腿一蹬，一了百了，老子才算解脫了！

△燈熄。

△一束追光照在胡佑華與八歲的孫子旺旺身上。

△旺旺背著書包歡快地向前小跑，胡佑華跟在後面累得氣喘吁吁。

旺　旺：（回頭）爺爺，快點呀爺爺，你怎麼連我都走不贏呀！

胡佑華：旺旺，慢點旺旺，你想把老子一個人甩在老後頭呀！

旺　旺：爺爺，哪個要你來接我的，反倒成我接你了。

胡佑華：不接你，老子不放心呢。

旺　旺：爸爸媽媽就從來不興接我。

胡佑華：要是你爸爸媽媽在家，我才不操這份閒心呢。正因為他們不在家，俺才到學校去接你。老子的壓力大著呢，要是有個三長兩短，俺可擔當不起呢！

旺　旺：爺爺，明天你就不要來接我了，一放學我就回家，保證不在路上貪玩，不讓你多操半點心。

胡佑華：（趕上撫摸他的腦袋）旺旺真乖，像個小大人。旺旺，我問你，你到底想不想爸爸媽媽呀？

旺　旺：（點頭，又馬上搖頭）剛開始蠻想，現在不怎麼想了。爺爺，我爸爸說是為了我，才出去賺錢的。

胡佑華：為了你？

旺　旺：嗯，他說他過去不懂事，一心只想玩，沒有專心念書，結果什麼本事也沒有。他好後悔，就要我好好念書，要我上中學、上大學，還說讀書要蠻多蠻多的錢，他就是為了我今後上中學、上大學才出去掙錢的！

胡佑華：這麼說，你今後肯定是不會待在村裏的囉！

旺　旺：那當然，我要到城裏去讀書，要到美國去留學！

胡佑華：什麼？美國？

旺　旺：（神往地）嗯，就是美國！我哪兒也不去，只想到美國去留學！

旺　旺：越遠越好。

△胡佑華沉默。

旺　旺：（詫異地）爺爺，你好像不願意我去美國？

胡佑華：哪裡哪裡，旺旺想去的美國肯定是個不錯的好地方。我巴不得你們一個個都飛出去，飛得又高又遠呢！

旺　旺：飛？（做了一個飛的動作，不解地）又不是鳥，沒有翅膀，怎麼個飛法呀爺爺？

胡佑華：是打比方，我的意思是希望你們在外面幹出一番大事，一個個衣錦還鄉、光宗耀祖，而不是到外面去吃苦、去受罪、當下人。

旺　旺：爺爺，衣錦還鄉和光宗耀祖這兩個詞我不懂。

胡佑華：就是當大官啦、發大財呀。

旺　旺：哦，原來是這個意思，我記住了。

△村民甲匆匆上。

村民甲：老胡，我剛才打你老三生貴家門口過，聽得你家媳婦茶花在屋裏又嚷又叫，還有一個男人嘻嘻哈哈的聲音。你家老三又不在家，這事情恐怕有點不正常。我想進去瞧個究竟，想了想又覺不妥，就跑來叫你了。

胡佑華：啊？青天白日的，竟有這樣的事，這還了得？！

△胡佑華手拉旺旺踉蹌奔跑。

胡佑華：（邊跑邊回頭）老雷，請你幫忙在村裏叫幾個人，快點趕來跟我助威！

△追光熄。

△舞臺左後方燈亮。

△胡佑華三兒胡生貴家，茶花與謝拐子兩人扭打在一起。

茶　花：不，不，我不！

謝拐子：我要你，今天就要你！茶花，跟你說句實話，我心裏頭，就只愛你一人。自打第一眼見到你，就像觸了電一樣的來了感情，跟電視裏頭演的那些愛情劇一模一樣，真是「愛你沒商量」呢。你看，我在廣州跟你買了好多好多的花東西，我剛一回來，就迫不及待地跑來找你了！

茶　花：不行，絕對不行！

謝拐子：有什麼不行的？反正胡生貴到外頭打工去了，咱們就是搞翻天，他也不曉得呢！

茶　花：我不能做對不起他的事情！

謝拐子：他一出去就是半年，你真的一點都不想有個男人陪你說說話，睡睡覺？

茶　花：不，我不！

謝拐子：（淫笑）茶花，俺曉得你是在說假話呢，嘴裏頭說不，心裏其實想得不得了。

△謝拐子使勁箍著茶花，將她往裏屋抱。

茶　花：（拼命掙扎）謝拐子，放開我！

謝拐子：那……我給你錢怎麼樣？一次幾多錢？一百，兩百？多高的價碼我都認了，只要你答應！

茶　花：怎麼都不行！放開我，快點放開我！

謝拐子：那……就莫怪我不客氣了！

茶　花：你敢動武使蠻，等俺生貴回來了，看他不找幾個人好好收拾你。

謝拐子：胡生貴敢惹我，我也就算不得什麼謝拐子了。

茶　花：那我可要大聲喊人了！

謝拐子：大夥都下田了，你就是把嗓子嚷破，也沒哪個聽得見。

△謝拐子將茶花抱進內屋床上。

茶　花：滾，你滾！不得好死的謝拐子，你到底放不放開我？

謝拐子：這樣的好機會，就是要我的命也不會放過呢。

△茶花掙扎不脫，猛然一口咬在謝拐子肩頭。

謝拐子：（一聲慘叫）唉喲喲，狗日的茶花，你敢咬老子！好，看我不把你撕成兩塊才怪！

△謝拐子正欲野蠻施暴，胡佑華手握扁擔怒目而上。

胡佑華：（大吼）住手！謝拐子，你趕快給老子住手！

謝拐子：（嚇了一跳，趕緊回頭，極力鎮靜自己）喲，原來是胡伯呀。

胡佑華：謝拐子，你膽子可不小啊，青天白日的，竟敢調戲良家婦女！

謝拐子：沒……沒……胡伯，您誤會了，我跟茶花……兩人在開玩笑呢，沒麼別的意思，年輕人麼，在一起逗樂子呢。

胡佑華：你還想狡賴？剛才我在外頭什麼都聽到了，你瞞得過老子麼！

謝拐子：（立時換了面孔，兇神惡煞地）聽見了又麼樣？你以為拿著一條扁擔就蠻不得了，難道我謝拐子怕你不成？

胡佑華：你不要以為我的幾個兒子不在家，就想欺負人。告訴你吧，今天就是拼著一條老命，我胡佑華也要討回公道！

謝拐子：（自知理虧，欲下）對不起，我可沒功夫陪你了，快點跟我把路讓開，我要走了！

△村民甲、村民乙上，皆冷冷而憤怒地瞪視謝拐子。

△謝拐子心虛，不由自主地後退兩步。

胡佑華：謝拐子，有人怕你，可我不怕！你今天撞在老子手上，俺要挑斷你的腳筋，打斷你的脊樑，讓你爬出生貴屋門，當一輩子殘廢人，看你還敢不敢害人！

謝拐子：（點頭哈腰）別⋯⋯別這樣⋯⋯胡伯，有話好說，有話好說麼⋯⋯

胡佑華：有什麼話，你就說吧。

謝拐子：我道歉，我跟茶花、跟您、還有大夥兒一起道歉，我保證今後不來欺負茶花了。

胡佑華：此話當真？

謝拐子：我敢對天起誓，句句都是真話！要是再犯，千刀萬剮！

村民甲：謝拐子，我們都是見證人，日後再耍流氓，可就要真的對你不客氣了！

村民乙：老胡，只要他肯改，這回就饒他算了。

胡佑華：要不是看在鄉里鄉親的份上，老子真想廢掉你！

謝拐子：胡伯，不能廢，廢了我孤身一人可怎麼活下去呀？胡伯，求求您了，就饒我這一次吧，我改，一定改！

胡佑華：（側身閃開一條道）狗東西，還不快滾！

△謝拐子狼狽跑下。

村民甲：社會上的風氣，就是這些人給搞壞了。

村民乙：像謝拐子這樣的人，無父無母，遊手好閒，真是殺無血剮無皮呢。

村民甲：是啊，搞「嚴打」那陣子，派出所把他抓去關了幾天，還不照樣又放出來了？這樣的人，政府都拿他沒法。

胡佑華：邪不壓正，你越怕他，他越邪氣，只有跟他對著幹，才能壓住他的氣焰！

二村民：（異口同聲地）是啊，對付這樣的人，有時候是得狠點才行。

△村民甲乙議論著下。

茶　花：（哽咽）爸，您要是再晚來一步，我……我哪還有臉見人啦……

胡佑華：茶花，你是一個好媳婦。就是有個三長兩短，也不是你的過錯。

茶　花：（訴苦地）爸，俺自打正月嫁過來，還不到一個月，生貴就打工走了。幾畝田地留給我，吃點苦倒沒什麼，關鍵是一天到晚都得提心吊膽過日子。周圍一些地痞無賴曉得我男人不在家，老想在我身上打主意。深更半夜的，有時還有人跑來敲門，嚇得我大氣都不敢出……像謝拐子這樣的人，囂張到這種程度，青天白日的，就想侮辱俺……爸，這樣的日子，可真難熬呢……

△茶花說著，不禁雙手掩面，哭了起來。

胡佑華：茶花，別哭。你的事，俺過去管得太少了。這樣吧，你明天一早就到鎮上去跟生貴拍個電報，要他趕快回家！

茶　花：他回來了又有麼法子呢？爸，算了，我一個人撐著點，也就熬過來了。等咱們掙夠了錢，他也該落屋了，就可以過快活日子了。

胡佑華：（固執地）不，不管天大的事，要他馬上趕回來，我有話跟他交待。

△茶花猶豫地望著胡佑華。

胡佑華：就說我病得不行了，快要落氣了，要他趕回來送終！

△燈熄。

△燈光昏暗。

△夜。胡生貴家，門口赫然放著兩個碩大的裝得鼓鼓囊囊的旅行袋。

△胡佑華坐在一把老式木椅上抽著煙鍋，胡生貴口叼過濾嘴香煙躁動不安地走來走去，茶花倚靠門框望著胡家父子二人。

胡生貴：茶花呀，你一個電報拍過去，說是爸爸快……快要斷氣了，真是把我給嚇壞了。

胡佑華：（得意地笑）若不這樣拍，你肯回來麼？回來見俺活蹦跳的，你還不高興，是不是真的盼望老子早點死呀！

胡生貴：你們又不曉得我們建築隊有多忙，剛剛接了一個賺錢的活路，天天忙得毛焦火辣，沒想到你們卻拍這樣的電報騙我。你們以為回來一趟是那麼容易的麼？要坐火車、轉汽車，光車費就是幾百塊。這都不說了，最要命的是在火車上遇上了一個小偷團夥，把我剛從老闆手裏拿到的幾千塊工錢全給偷走了。

茶　花：啊？你怎不把它們藏好呢？

胡生貴：他們只要瞄準了你想下手，藏得再好也是枉然。

胡佑華：你過去不都是通過郵局寄回來的麼？

胡生貴：上半年的工錢剛發到手，就收到你們拍的加急電報，我想反正就要回家的，有麼必要寄呢？就揣在身上，沒想到就出事了。

胡佑華：唉，你這半年算是白乾了，比打水漂還不如。在家千般好，出門一日難。我說過外頭的世界邪乎得很呢，儘是些大大小小的漩渦，一不小心，就把人給捲走了，吞得無影無蹤，你叔父胡佑榮就是那樣給捲走了的，可你們總是不相信。不聽老人言，吃虧在眼前，出了事才曉得厲害吧！

胡生貴：到處都一樣，外頭邪乎，村裏就不邪乎麼？青天白日，還有人調戲俺媳婦呢。

胡佑華：要是你在家，會有這樣的事情麼？

胡生貴：守在屋裏，種幾畝責任田，不是這稅，就是那提留，一年忙上頭，累死累活，只能糊張嘴巴，半點出頭之日都沒有。

胡佑華：總比你半年白幹要強。

胡生貴：不是白幹，我有工錢，是讓人偷走了，要是你們不拍什麼鬼電報，半年攢個幾千塊，不知有幾滋潤呢。

胡佑華：把罪過怪到老子頭上來了，好好好，你到底幾多錢，說個准數，俺來賠你的。

胡生貴：（訕笑）爸，不是這個意思，丟了就丟了，哪能怪您呢？當時心疼得直流淚，過後一想，就只當患病買藥吃了，破財免災呢。心裏一想穿，也就沒麼事了，也不知您把我召回來到底有麼事要交待？

胡佑華：你打工在外，長年累月地把新媳婦丟在家裏怎行？茶花雖是俺媳婦，可俺一個老頭子，有些事，想過問也不方便，想管也管不了。這次逼你回來，沒別的意思，就是要你把茶花的事定下來。

△胡生貴扔掉煙蒂，沉默。

胡佑華：把茶花帶出去，或是回來陪茶花過日子，老三，怎樣行，就看你的了。

胡生貴：帶茶花出去，能幹點什麼呢？

胡佑華：幫著你們洗衣、做飯，啥活路不能幹呀，就是跟在一起吃白飯，她是你明媒正娶的媳婦，也應該的！

胡生貴：咱們一群大男人，居無定所，走南闖北的，還真不方便呢。

胡佑華：那就回來陪茶花過日子吧。

胡生貴：更不行！

胡佑華：這也不行，那也不行，你想麼辦？

茶　花：爸，莫逼生貴，他也有他的難處，俺就這樣過，也行的。

胡佑華：瞧，多好的媳婦啊，你就忍心把她一個人撇在一邊麼？你實在是沒有本事，那……那就跟茶花打離婚，免得害苦人家好閨女！

△胡佑華在椅腿上磕了磕煙鍋，站起身。

胡生貴：（囁嚅地）爸，這……這……

胡佑華：（欲離去）老子要說的都說了，你自己看著辦吧。

胡生貴：爸，要是茶花一走，咱新家麼辦？責任田麼辦？

胡佑華：新屋我跟你們守，田地我跟你們種。

胡生貴：老大生富倆口子也走了，這麼多的田地，您一個人哪能種得了。

胡佑華：老子種不了，還不能請人幫忙麼？

胡生貴：那……我還想跟茶花商量商量……

胡佑華：（扯呵欠）你們商量吧，忙了一天，我可要回去睡覺了。

茶　花：外頭有點黑，您看得見嗎爸？

胡佑華：這熟的路，不用眼睛都看得見。

△胡佑華下。

△胡生貴深情地望著茶花，四目對視。

胡生貴：（上前）茶花，俺在外頭可想你呢。

茶　花：（故意地）哼，說的比唱的還好聽，若不老頭子逼你，你才不肯回來呢。回來了，還怪這怪那的。俺在你心頭，半點份量都沒有，真不如你爸說的那樣，早點打離婚。

胡生貴：（急切地表白）誰說俺不想你？你就是我的親親，我的寶貝，我的心肝。（打開一個包裹拉鏈掏出幾件新衣）瞧，這是俺在外頭跟你買的新衣，要是不想你，會跟你買這多的衣服嗎？只要穿上它們，你肯定比城裏那些姑娘還要時髦還要漂亮。

茶　花：咱一個農民，摸泥巴坨子的，要那麼時髦漂亮幹什麼？

胡生貴：茶花，咱們新婚沒滿月，老闆就催我去上工，俺不去不行呀，不去老闆就要炒我的魷魚。把你丟在家裏吃苦受累，還受委屈，都是我的不對，你就原諒俺吧茶花……

△胡生貴猛然一把抱住茶花。

茶　花：（伏在他肩上）生貴，俺不怪你，俺曉得你在外頭打工也不容易呢。

胡生貴：可不是嘛，打工仔打工仔，不就人家的一個苦力麼。老闆怎麼支使，你就得怎樣做才行。稍不如意，就得看他的臉色。遇上個好點的老闆，說你幾句也就算了；若是碰上個心腸狠的，就要吼你，還要把你關在黑屋子裏頭，揍你的人。茶花，在外頭跟人家打工，可真不是滋味呢。

茶　花：生貴，我能理解你。

胡生貴：在城裏咱真是一無所有，做了那麼多的樓房，沒有一間是自己的，都是跟人家瞎忙活。今天在這兒聳一棟樓，明天又得奔另一個新地方下腳打樁。東流浪，西奔波，城裏人總是把咱們稱作什麼「盲流」。而村裏人呢，卻把咱們看成了半個城裏人。就這樣的兩頭沒著落，上不巴天，下不落地，好像懸在了半空中，既沒根基，想飛又飛不走，真是半點意思都沒有。

茶　花：生貴，那你不如乾脆回來算了。在家裏，田土是你的，房子是你的，菜園是你的，雞鴨鵝是你的……什麼都是你的，咱們就是實實在在的主人。窮是窮點，苦也苦點，只要能過日子，只要咱們恩恩愛愛，不比外頭強似百倍麼？

胡生貴：（堅決地搖頭）既然走到這一步，我就不想回來了。俗話說，吃得苦中苦，方為人上人。趁著自己年輕，再重的活也幹，再大的罪也受，再多的委屈也忍……茶花，我只要賺了錢，打開了路子，也一樣能當老闆。到時候，咱們就在城裏買一套商品房，把戶口也遷過去，還可以請保姆、雇保鏢，咱們要安安逸逸地享一輩子清福！

茶　花：那得等到什麼時候啊？

胡生貴：（神往地）只要努力，我想總歸有那麼一天的。

茶　花：可現在呢？現在我們咋辦啊？

胡生貴：是啊，現在……老頭子發了話，我這個做兒子的不能不聽。茶花，我肯定不能回來陪你，你只好跟我一起走了。

茶　花：跟你到外面，我能幹些什麼呢？

胡生貴：我上哪，你就上哪。天無絕人之路，在附近總能找得到什麼活路的。

茶　花：（撫摸生貴臉頰）生貴，俺都成你的一個負擔了。

胡生貴：不，不，你才不是我的什麼負擔，而是我的親親寶貝呢。

△兩人緊緊擁抱。

△燈暗。

△燈亮。

△胡佑華家門口，么兒胡生發拎一網兜書籍上。

胡生發：（富有感情地邊走邊唱）

在很久很久以前，
你擁有我，我擁有你；
在很久很久以前，

你離開我去遠方翱翔。

外面的世界很精彩，

外面的世界很無奈……

胡佑華：（從屋內拿一把鐵鍬出，望見胡生發，不禁自語）走了兩個，總算回來了一個。（突然大聲）老么——

胡生發：哎喲，爸爸，你老人家辛苦啦！

胡佑華：一張嘴巴像是抹了蜜，硬是一塊大學生的料呢。

胡生發：也不知考不考得上。

胡佑華：到底考得麼樣？

胡生發：感覺一般。

胡佑華：要是考不上呢？

胡生發：就回來種田吧。

胡佑華：說的比唱的還好聽，人大心野，現在的年輕人呀，沒得一個是想待在農村摸泥巴坨子的。

胡生發：要是考上了呢？

胡佑華：我巴不得你考上，生富、生貴出門都是去吃苦、去受罪，只有考上大學，才是人上人，老子臉上才有幾分光彩呢。

胡生發：現在讀大學都得交學費，一考上就是好幾千上萬元，你幫我準備了嗎爸？

胡佑華：老子前世欠你們的，這輩子專門來還債的。

胡生發：老爸，話可不能這麼說。

胡佑華：那該怎麼說？生富、桃子走了，生貴、茶花走了，房子、田地、菜園都留給我，老子一天到晚累得腰酸背疼。特別是你，更是一個討債鬼，剛一出世，就害得你媽難產死了；

老子一把屎、一泡尿地把你拉扯大，還要供你上學念書，小學、初中、高中、大學，一讀就是十幾年，也不知花了幾多冤枉錢。這回要是大學考不上，還得供你讀補習。老子一把骨頭，硬是讓你們給榨乾了。

胡生發：（心頭一震）爸，我要補償，一定要補償。

胡佑華：你麼樣個補償法？

胡生發：我畢業了成家了，就接你到城裏去享福，什麼都不讓你做，天天供著你吃香的喝辣的……

胡佑華：（笑）生發，難得你有這份孝心，再苦、再累，俺也心滿意足了。

胡生發：我現在就要開始補償，「雙搶」已經忙完了，屋裏的事全由我來照應，您就到城裏生菊姐那兒去玩幾天，好好地散散心吧。

胡佑華：（揮手）不去，不去，這輩子，老子哪兒也不去。

胡生發：為什麼？

胡佑華：（想了想）不為什麼。

胡生發：就因為叔父到外面去闖世界消失得無影無蹤，你就怕得半步遠門都不敢出？

胡佑華：（連連擺手）不，不是這回事，不是這回事。

胡生發：那是咋回事？

胡佑華：俺也說不清楚，只要一想著外面那花花世界，心裏頭就發慌，眼皮子就跳得不行，好像要出什麼大亂子了。

胡生發：「外面的世界很精彩」呢，爸！

胡佑華：下面接著不是還有一句，「外面的世界很無奈」麼！

胡生發：（吃驚地）你也曉得這句？

胡佑華：你以為老子是個苕，什麼都不曉得啵？

胡生發：外面的世界到底麼樣，只有去轉一轉，你才真正搞得清楚。

胡佑華：俺還是那句老話，外面千好萬好，不如待在家裏好。

胡生發：不見得吧？

胡佑華：怎麼不見得？咱村裏什麼沒有啊？只要你肯下力氣，種什麼，田土就跟你長什麼。咱們腳下，是一塊真正的風水寶地呢！想當年，爹娘帶著咱們兄弟倆逃荒，一跑到這塊地方，腳下就像長了磁鐵，硬是半步都挪不動，一家子就在這兒待下來了，一待就是一輩子。

胡生發：當年要是在別的什麼地方落腳了呢？

胡佑華：別的地方？別的地方哪有這兒好？老么，你瞧，（眺望四周）咱們村子該有多好啊，有山、有水、有樹、有花、有草，多安靜、多富足、多漂亮呀……要不是來到這裏，俺爹媽是不會落腳生根的，那他們就會走，走啊走，不停地走，直到找上一塊跟這一模一樣的田土為止。

胡生發：爸，照你這麼說來，咱們村千好萬好，卻怎麼留不住人，大家都要一個勁地往外跑呢？

胡佑華：現在的年輕人呀，哪裡曉得什麼好歹。

胡生發：爸，你莫以為只咱村裏有上好的土地，外面全是一片荒涼。不，你錯了。整個世界，到處都是土地，都很肥沃、很美麗，包括城裏，你不要看著地面儘是些水泥路，可那底下，也是肥得流油的上好土地啊！

胡佑華：那個什麼美國，也有咱們村這好的土地嗎？

胡生發：有，當然有，甚至比咱們這兒還好，土地無邊呢爸。

胡佑華：（點燃煙鍋）我是有點不太相信呢，不管怎麼說，總得有個根什麼的是不是？我記得你就哼過一首歌，叫什麼「留住我們的根」對不？

胡生發：不錯，是有這首歌，名字就叫《把根留住》。

△胡生發情不自禁地哼唱起來：

多少臉孔茫然隨波逐流，
他們在追尋什麼？
為了生活人們四處奔波，
卻在命運中交錯。
……
一年過了一年啊，
一生只為這一天，
讓血脈再相連，
擦乾心中的血和淚痕，
留住我們的根。

胡佑華：可不是嘛，總得留住我們的根才是呀！

胡生發：爸，留根是一回事，闖世界又是另一碼事，你最好是到外面去走走、看看，耳聽為虛，眼見為實，到底麼樣，轉一圈，心底不就有了一個大概麼？

△胡佑華沉默不語，一個勁地抽著煙鍋。

胡生發：想好了沒有，爸？你要是怕找不到路，咱拍個電報，要生菊姐專門回來接你。

胡佑華：既然想去，又不是太遠，要他來接做麼事，俺一車就搭到了。

胡生發：那就快點決定吧。

胡佑華：俺關鍵是放心不下老大生富，種了一輩子的田，人又老實本分，也不知他的生意到底做得麼樣了……

胡生發：到生菊姐那兒住幾天，抽空到船碼頭去看看，不就弄清了麼！

胡佑華：（終於拿定主意）好吧，俺就到荊市去轉一趟，把旺旺也帶去，讓他跟生富、桃子會個面，也長點見識。只是家裏的一切，俺總是有點放心不下……

胡生發：老爸，我又不是兩三歲的小伢，你儘管放心去好啦，家裏的事情，我包管做得讓你老人家稱心滿意。

胡佑華：好吧，那我明天就動身。（喃喃而激動地）這輩子，俺還是第一次出遠門，第一次去逛大城市呢。

△燈暗。

△燈光明亮。

△荊市船碼頭。人聲鼎沸，汽車的轟響與笛聲不絕於耳。

△胡生富拎著個裝得沉沉的籃子，在大聲叫賣。

胡生富：鹽茶蛋麻辣魚，香煙瓜子花生打火機，價格優惠質量可靠，還有速食盒飯，三塊錢一盒，有肉有魚有蝦米，味道鮮美不好吃不要錢……南來北往的旅客同志們、先生小姐們，過了這村就沒這店，大家快來買快來嘗呀……

△胡生菊帶著胡佑華與旺旺上。

旺　旺：（大聲叫著，不顧一切地撲了過去）爸爸，爸爸……

胡生菊：車，旺旺，小心車！

胡佑華：（踉蹌跟上）旺旺，慢點旺旺……

△胡生富聽見叫聲，回頭張望。

胡生富：（猛然大聲驚叫）呀，旺旺，是俺旺旺，旺旺，你怎麼來啦？！

△胡生富蹲在地上，將旺旺緊緊抱在懷裏。

胡生富：旺旺，你是怎樣來的？這些日子，可讓爸爸想死了。

旺　旺：（回頭一指）還有爺爺、姑姑，他們都來了。

胡生富：（擦了擦眼圈）爸爸，家裏還好？

胡佑華：（蒼涼地）好，都好，你跟桃子的生意，做得還好麼？

胡生富：虧得菊妹幫忙，該做的事，都辦得差不多了，一些關係也慢慢些理順了。

胡生菊：累是累點，只要肯做，錢還是蠻有賺頭的。

胡佑華：就這樣一天到晚、風裏雨裏站在江邊叫賣？

胡生富：（點頭）嗯啦，每天早晨五六點起床，一直要幹到晚上十一二點，直到輪渡收班了才回去睡覺。不這樣吃苦盤蠻，哪能賺得到什麼錢呀！

胡佑華：一天能賺個多少？

胡生富：平均扯下來，總有個三五十元，記得生意最好的一天，俺賺了一百二十塊。

胡佑華：（驚異地）這多？就賣點小東小西，能有這大的賺頭？

胡生富：可不是嘛，要是在村裏種田，俺想都不敢想呢！

胡佑華：（喃喃自語）怪不得村裏的青年小夥一個個削尖了腦袋都要往外跑呢，還真能賺大錢呀！

胡生富：現在這社會，辦什麼事不花錢呀，只要賺得到錢，俺心裏頭才踏實得起來呢。旺旺長大了讀書要花錢，俺一定得給他攢上一筆，老弟生發這回要是考取大學了，俺這個做老大的也要支援他幾個……

胡佑華：（突然發現什麼似的）咦，怎麼就只你一人，桃子呢？

胡生富：桃子她在咱們租的那間屋裏頭呢。

胡佑華：莫非病了不成？

胡生富：（噗哧一聲笑了）這些日子她才活得有勁呢，我在外面叫賣，她就在屋裏負責準備，熬蛋煎魚、煮飯炒菜，弄好了就送到船碼頭來交給我。

胡佑華：要是桃子叫賣的話，生意肯定比你要好。

胡生富：那自然是，她有時也換我賣上一陣子。可這裏複雜得很，一些不三不四的流打鬼格外多，除了巧取蠻占外，還只想在女人身上打主意、佔便宜。所以我不敢讓她長期叫賣，特別是晚上，就要她回屋子歇息去了。

旺　旺：你們在說媽媽？媽媽在哪？我要媽媽！

胡生菊：旺旺別急，咱們這就去看你媽媽。

胡佑華：在外面幹活，是得多個心眼才是，生富啊，你比原來可要精多了。

胡生富：（頗有幾分得意地）還不是逼出來的。

旺　旺：（催促地）我想媽媽，我要媽媽，咱們快點去找媽媽。

胡生富：別急，旺旺，咱們這就去。

旺　旺：（高興得又蹦又跳）呵，我就要見著媽媽囉，我就要見著媽媽囉……

△燈暗。

△暗轉。

△胡佑華家，胡佑華精神疲憊地坐在桌前，胡生發端過一碗油鹽飯。

胡生發：爸，吃吧。

胡佑華：（扒了兩口，放下）我實在是吃不下。

胡生發：肯定是坐車累了的，睡一晚上就好了。

胡佑華：（指指心窩）主要是這裏不好受。

胡生發：想旺旺啵？

胡佑華：這倒不是，反正學校放了暑假，把他留在荊市跟他爸爸媽媽待一段時間，等開學了再送回來，也是一件蠻好的事。

胡生發：爸，你老人家在外頭轉了一圈回來，好像蠻不高興的樣子呢！

胡佑華：是有點不高興。

胡生發：為什麼？

胡佑華：一兩句也說不清楚。

胡生發：那就多說幾句吧。

胡佑華：老么呀，你其實不應該要我出去的。

胡生發：（不解地）你怎麼怪罪我？難道我做了錯事不成？

胡佑華：有些事，不知道最好！

胡生發：你知道了一些什麼不應該知道的事情？

△胡佑華沉默不語。

胡生發：爸，你倒是說話呀！

胡佑華：莫非你硬要逼我講不成？

胡生發：悶在心裏越憋越難受，講出來了就要好過一些呢。

胡佑華：好，那我就講吧，反正你也不是外人，老子的么兒子呢，是俺最親最親的親人呢……

△胡佑華掏煙鍋，捲煙，點燃，愜意地抽了一口。

胡佑華：唉，生發呀，你說的土地無邊，這話還是蠻對的，外的那些莊稼呀，不少綠油油的，比咱村的長得還要好；荊市也大，大得沒邊，那天俺牽著旺旺順著一條大街走，怎麼也走不到頭，真正是個花花大世界了。可它們卻不是咱鄉下人的世界，真的，半點都不是！

胡生發：那是誰的世界呢？

胡佑華：是有錢人的世界，更是有權人的天下。不錯，生富跟桃子在荊市船碼頭是賺了幾個錢，可那也叫人過的日子嗎？兩百塊錢一個月的租金，那租來的也叫房子嗎？只屁股大一塊，一下雨就漏，床上地上，到處都是濕溻溻的；生富每天一鬼早就起來，深更半夜才能落屋睡覺……

胡生發：你不是說過，條條蛇都咬人麼，要想掙錢，不吃苦、不受罪怎成？

胡佑華：好，生富跟桃子的事俺不說了，就是你生菊姐，過的也蠻黴氣呢。大家都以為她嫁到城裏是進了天堂，哪個曉得她住的也是一間破破爛爛的屋子，就連俺住的屋子都不如。他們廠裏的效益不好，她早就下崗了，一個月拿個兩百塊錢的生活費，吃飯都要看日子呢。咱農村差是差點，可吃飯總不成什麼問題吧。

胡生發：人總不能為了吃飯而活著，還要圖個發展呀？

胡佑華：發展？發個屁展！生貴他們錢是賺得到幾個，可人活在世上，僅僅只為錢嗎？不是還有好些比錢更好的東西麼？

胡生發：爸爸，我看你都像個思想家了。

胡佑華：你莫取笑我，老子這一輩子，過的橋比你走的路多，吃的鹽比你咽的飯多，有些事，不聽老子的，只有等到吃了虧，才曉得俺的金口玉言。

胡生發：（大笑）老爸，我要把你的金口玉言記下來，整理成一本跟孔夫子的《論語》一模一樣的大書，來它個流芳千古好不好？哈哈哈，老爸呀，沒想到你還這麼幽默呢，真把我的肚皮都快笑破了，哈哈哈……

△燈熄。

△燈光大亮。

△陽光明媚，胡佑華家。胡佑華與胡生發在屋旁的一塊稻田裏扯草。

胡佑華：咳，也不知哪來的這麼多雜草，長得比秧苗還快，扯都扯不贏。

胡生發：這就跟「有心栽花花不發，無意插柳柳成蔭」差不多。

胡佑華：不要讀了幾句破書，就在老子面前文縐縐的。俺要是像你一讀十幾年的書啊，恐怕連中央委員都當上了。

胡生發：還中央委員，連村民委員都不是一個呢。

胡佑華：這都是沒有讀書的緣故呀，生富、生菊、生貴他們要是多讀幾句書，就不會像今天這樣當打工仔在城裏吃苦受罪了。

胡生發：當初你怎麼不讓他們多讀幾句書？

胡佑華：是我不讓他們讀？是他們不用心呀，動不動就翹課。長大了才曉得沒讀書的苦楚，再後悔又來不及了，就跑到城裏自己作踐自己。

胡生發：世上的道路千萬條，也不一定非得讀書考學不可。

胡佑華：沒讀書，待在農村種田當然是可以的，可要進城，要做人上人，不讀書怎成？

△郵遞員上。

郵遞員：老胡，在田裏扯草呀。

胡佑華：喲，是老金呀，又有哪家來匯款單了是不是？

郵遞員：不是匯款單，而是一封掛號快件。（取出郵件，唸）胡家灣村七組胡生發收，老胡，你們組哪個叫胡生發呀？

胡佑華：胡生發？哦，是俺么兒子呢，這不，他在俺旁邊，幫著一起扯草呢。

胡生發：啊？我的信？會有哪個給我寄信？

郵遞員：是北京一所大學寄來的，恐怕是你的錄取通知書呢。

胡生發：什麼？錄取通知書？！

△胡生發趕緊跳上田埂跑過來，從郵遞員手中一把抓過信件，「嚓」地一下撕開，迫不及待地閱讀。

胡生發：（狂喜，一蹦老高）老爸，真的，還真的是錄取通知書呢，我考上了北京的一所大學呢老爸！

胡佑華：啊？！（樂顛顛地跑過來，邊跑邊嚷）你真的考取了大學？還是北京的？北京，那可是咱們的首都啊！快，給俺看看，給俺看看。

胡生發：你又不識字，能看個什麼？

胡佑華：不識字老子就不能看麼？

△胡佑華將通知書顛來倒去、翻來覆去看個不休。

郵遞員：老胡，兒子考取了大學，祝賀你呀！

胡佑華：（一迭連聲地）謝謝，謝謝……

郵遞員：這樣的大喜事，你可要請客才行呢！

胡佑華：請客，到時候俺一定請你來喝幾杯喜酒！

郵遞員：再見。

胡生發：謝謝你金叔叔，再見——

△郵遞員下。

胡佑華：（欣喜地望著兒子）老么，這回呀，你可給老子爭了一口氣，俺家裏總算出了個大學生！不是打工仔，而是大學生啊！

胡生發：（盯著通知單）爸，還要交學費呢。

胡佑華：得多少？

胡生發：雜七雜八的加在一起，一年得萬把塊才行，咱家哪來這多錢呀！

胡佑華：（倒抽了一口氣）什麼？萬把塊？（稍稍猶疑，果決地）萬把塊就萬把塊，就是拆屋賣，去討米，老子也要供你把大學念完！

胡生發：到時候，我還可以在城裏打工掙學費的。

胡佑華：打工？又是打工？！老子最聽不得在城裏打工了，你就只管用心讀書，學費的事，不要你管！

△突然，幕後傳來一陣汽車的引擎聲。

胡生發：爸，瞧，中巴車，是誰辦什麼事，還開一輛中巴車進村。

胡佑華：哦，真的一輛中巴車，咱村又偏又遠，過去很少有車開進來呢。

△汽車鳴笛聲。

胡生發：還往咱家稻場開過來了呢。

胡佑華：可不是嘛。

△汽車剎車聲。

△胡生菊跑上，桃子拉著旺旺隨上。

胡生發：（驚喜地）哦，是姐姐，還有嫂子、旺旺，快要開學啦，你們可是送旺旺回來上學念書的？

胡佑華：生富呢？（急切地）都回來了，怎麼不見俺的老大生富？

胡生菊：（悲戚地）爸爸——

桃　子：（哭泣）爸，生富他……他……

胡佑華：生富他怎麼啦？

旺　旺：（哭叫）爸爸被一輛車子壓死了！

胡佑華：啊？！什麼？生富他……他……不，不可能，俺上次去荊市，他不好好的麼？不可能，這不可能，你們騙我，在騙我，騙我！

胡生菊：（哽咽地）爸，是真的，他的屍體還擱在車上呢。

桃　子：（悲哭，斷續地）人死了，屍體……還不准拖回來，虧得……菊妹的男人找了關……關係，才偷偷……偷偷地弄出來，租一輛中巴車……弄……弄回來了……

胡生發：哥哥，我的親親哥哥——

胡佑華：（一聲慘叫）啊，我的生富兒呀——

△一片悲涼的哭聲。

△胡佑華悲痛欲絕，突然身子一歪，軟綿綿地倒在地上。

眾　人：爸爸，爸爸，你怎麼啦……爺爺，爺爺，俺要爺爺……

△燈熄。

△燈光昏暗。

△胡佑華家，胡佑華昏昏沉沉地躺在一張古色古香的舊床上，床上掛一張滿是破洞的蚊帳。

△胡生菊、胡生發、桃子守候在他的床前。

胡生菊：（扳動胡佑華身子）爸，您醒醒，醒醒！

△胡佑華沒有反應地躺在床上。

胡生菊：老么，你把爸爸的身子往上扳一點，我好把這碗藥湯給他餵下去。

桃　子：蔣郎中的藥厲害得很，已經灌了兩副，再喝一副下去，爸的病很快就要好了。

△胡生發抱著胡佑華的身子往上挪，慢慢地靠在了床檔頭。胡生菊端著一個裝滿濃稠藥汁的粗瓷大碗給父親一口一口地喂藥。

胡佑華：（喉嚨發出陣陣咕噥聲，迷迷糊糊地）生富，老子叫你莫去，你偏要去，結果麼樣……嗯，你快點說呀，結果麼樣……哼，鴨子死了，還嘴殼子硬，你跟老子硬麼子……你真他媽的是條強牯牛，一頭撞到南牆上，死也不肯回頭呀……

△胡佑華幻覺。

△追光中胡生富上場。

胡生富：爸，您不能怪我呀，我可是半點過失都沒有呢，全是那個司機的錯……

胡佑華：你要是不出門，待在家裏好好地種幾畝田地，會出這種要命的事嗎？

胡生富：爸，您莫打岔，聽我慢慢地說嘛……是的，都怪那個司機、那個乘客，還有那塊石頭……

胡佑華：還有石頭？

胡生富：是的，還有石頭。您聽我往下說嘛，那是一輛大客車，跑的是長途，天黑了才趕到江邊過輪渡。乘客坐了一天的車，都累了、餓了，所以生意也就格外地好。鹽茶蛋、麻辣魚、香煙、打火機、瓜子、蛋糕、礦泉水……全都送到了他們手中，一眨眼，就變成了一張張的票子，俺心裏頭那個樂呀，簡直沒法提了……

胡佑華：那後來怎就出事了呢？

胡生富：後來……後來有個乘客是個流打鬼，他買了東西，卻想耍賴不給錢，腦袋往車窗裏一縮，就不見了。俺嚷著找他要，正在這時，渡船從江對岸開過來了，停著的汽車啟動了。要是那乘客不給錢，俺一天不是白賣了嗎？我只得跟著汽車往下跑，大聲嚷著要那個買了東西的乘客快點將錢拋出來給俺。可那個傢伙裝聾作啞，就是不理睬。俺急了，一氣跑到汽車前頭，要司機停車。司機擔心誤了輪渡，根本不停，還是一個勁地往下開。俺只得一點一點地往後退，嘴裏叫著那個該死的乘客快點付錢，退……退……退著退著，哪曉得腳後面臥著一塊石頭，俺一不小心，就給絆倒在地……司機趕緊剎車，可那是段下坡路，怎麼也剎不住……那輛大客車呀，就從俺身上一下子輾了過去，結果輾得我血肉模糊，連個人樣子都沒啦……

胡佑華：（痛哭）兒啊，我的生富兒啊——

胡生富：爸，莫哭，俺覺得就這樣蠻好的。

胡佑華：這悲這慘，還好？

胡生富：當然好呀，您猜這場車禍下來，他們給咱賠了多少？十萬塊！爸爸，十萬呀，俺一輩子哪能掙得到這個數呀！可那輛汽車往俺身上一輾，只疼個三五分鐘，十萬元就到手了，您說世上還有比這更划得來的事嗎？往後去，旺旺就不愁沒錢讀書了，俺還可以拿出幾萬元支援老么生發讀大學呢……爸，這輩子，俺雖然沒給你爭氣，但總算沒有白活，划得來，真正划得來！

胡佑華：（百感交集）兒呀，老子真不知該怎樣說你啊……

胡生富：只是桃子還有點放心不下，趁著年輕，她要是再找一個好男人，俺也就放心落意了。噢，俺不能……不能再待下去了，爸，那邊有人在催呢，俺要走了爸爸，再見了爸爸呵——

△胡生富匆匆下場，追光熄。

胡佑華：（大叫）生富，生富，再待會兒生富，老子還有話跟你說，生富——

胡生發：爸爸，你在做惡夢是不是？

胡生菊：（使勁搖動胡佑華身子）爸，你醒醒，醒醒！

桃　子：（將一條浸過水的毛巾按在胡佑華額頭）爸，莫叫，您莫叫，您一叫俺心裏就難過，就想哭，就不想活了……（抹淚）

胡佑華：生富走了，走了，再也不會回來了……（嚷叫）狗日的生富，你好狠的心呀，你一個人說走就走了，把老子扔下不管，你的心太狠了……

眾　人：爸，生富走了，還有我們呢爸。

胡佑華：（呆望）你們？你們是誰？老子怎麼一個也不認識？

胡生菊：我們都是你的兒女呀爸，他是老么生發，我是生菊，她是您大兒媳桃子。

胡佑華：（努力而仔細地辨認著）我這是在哪裡？

胡生發：在家裏呢爸。

胡佑華：怎麼好像在做夢？

桃　子：您昏迷不醒都兩天兩夜了。

胡佑華：生富呢？

胡生發：（躲閃而婉轉地）把他送到山上，跟他備了一間木屋，讓他單獨一人住下來了。

胡佑華：你說的意思，俺心裏都明白。

胡生菊：謝天謝地，您總算醒過來了。

胡佑華：（扯呵欠）哦，俺做了一個好長好長的惡夢，（指腦袋）這裏面還在「嗡嗡嗡」地響個不停。

桃　子：吃點藥，好好地歇一歇，馬上就會復原的。

胡佑華：生富走了，世上還有你們，都是俺的好兒女。俺說怎麼也不能倒下來，是的，決不能倒下來！

△胡佑華使勁掙扎著從床上爬了起來。

△燈熄。

△燈光明亮。

△村口，胡佑華手牽孫子旺旺，站在一棵老榆樹底下為胡生發、胡生菊、桃子送行。

△歌曲《外面的世界》音樂聲起，聲音漸大。

胡佑華：我半點都不反對你們到外面去闖世界，可只希望你們去做官、去發財，到時候衣錦還鄉、光宗耀祖，也好讓老子臉上跟著沾點光。生發，咱胡家，就指靠著你了。

胡生發：爸，其實到外面去打工也一樣，不都一樣的做事幹活麼？

胡佑華：你莫跟我說什麼大道理，走吧，都走吧！家裏只有五穀雜糧，外面才有金銀財寶，你們就去撿吧！

桃　子：（邊擦淚邊揮手）旺旺，姥姥要媽媽回娘家一趟，俺很快就會回來的。

旺　旺：媽，你可別忘了跟我買花東西回來呀！

桃　子：在家聽爺爺的話，上學讀書要認真，媽媽什麼都跟你買。

胡生菊：爸，你在家裏要想穿一點，要捨得吃、捨得喝、捨得玩，不要太操勞了，一定要注意休息，養好身體……

胡佑華：俺曉得，一輩子都這麼過來了，還不曉得照顧自己麼！

胡生菊：一有空，我就會回來看你的。

胡生發：爸，大學放寒假了，我就回來陪你，幫著做事。

胡佑華：別盡想著我，在外頭，你們把自己的事情幹好了，才算是真正的孝順。

眾　人：（揮手）爸爸，再見——旺旺，再見——

旺　旺：媽媽再見，姑姑再見，叔叔再見——

△胡佑華慢慢地舉起了右手。

△胡佑華緩緩地搖動著手臂。

胡佑華：（囁嚅地）再、見、了……

△眾人邊走邊回頭，依依不捨地下。

胡佑華：失蹤的失蹤了，死的死了，走的走了！就留下了老子，跟你們守著房屋、田地，跟你們護著根本！

旺　旺：爺爺，還有我呢。

胡佑華：人大心野，你一長大，還不是也要走！

旺　旺：那當然，我要比他們走得更遠，我要去美國！

胡佑華：（突然爆發，大聲地）走吧，你們都他娘的走吧，走得越遠越好！可我哪兒也不會去，外面千好萬好，不如老子腳下這塊土地好！這裏有俺的根，也有你們的根，很深很深的根啊，是怎麼也刨不走的呢！

△《外面的世界》歌曲聲越來越大，似乎響徹、充斥了整個天空：

外面的世界很精彩，
外面的世界很無奈。
你覺得外面的世界很精彩，
我會在這裏衷心地祝福你；
當你覺得外面的世界很無奈，
我會在這裏耐心地等著你。
每當夕陽西沉的時候，
我總是在這裏盼望你。
天空中雖然飄著雨，
我依然等待著你的歸期……

△大幕在歌聲中緩緩落下。
△劇終。

（原載《新劇本》2001 年第 4 期，入選中央戲劇學院編《劇本選》）

擋不住的誘惑

（小劇場話劇）

時間：當代。

地點：江南某市。

人物：周　平——男，34 歲，工人，勞模。

　　　查莉莉——女，27 歲，周平妻。

　　　古陽春——男，29 歲，記者。

　　　蕭　冰——女，28 歲，古陽春妻。

一

△周平家，二室一廳居室，陳設簡陋。

△夜，燈光柔和。

△查莉莉一會兒翻翻書，一會兒看看電視，一會兒打打毛線，顯得百無聊賴。她抬眼看看牆上的掛鐘，時針指向十一點半。

△「蹬蹬蹬」，傳來一陣攀爬樓梯的腳步聲。

△查莉莉側耳傾聽，腳步聲由遠及近，她趕緊旋開收錄機，悅耳的舞曲在室內迴響。

△腳步聲止，傳來掏鑰匙開門的聲音。

△查莉莉旋大音量，在音樂的節奏聲中，她娉娉婷婷地走開了模特舞步。

△周平開門進。

△查莉莉一副十分投入的樣子，並不理睬周平。

周　平：莉莉，都快半夜了，還鬧什麼呀你！

查莉莉：（將音量旋小）知道快半夜了，怎麼才摸回來？我正準備草擬一份「尋人啟事」，讓它明天見報呢。

周　平：一個青工家裏有事，我替他頂了一會兒班。

查莉莉：別人家裏都有事，就你家裏沒事。

周　平：咱家本來就沒事嘛。

查莉莉：咱家不是沒事，而是讓我承包了。周平，我現在正式宣佈，從明天開始，家裏的一切權利與義務，都移交給你。

周　平：你總歸還是家裏的一個成員嘛。

查莉莉：你就當我是一個旅客好了。

周　平：這是什麼話？

查莉莉：我跟你說過，我已經報名參加了市裡的模特培訓班。從明天開始，我就得一天不拉地上課學習了。

周　平：我也跟你明確地說過，我反對你參加什麼模特培訓班！

查莉莉：這是我的權力，請你不要反對！

周　平：你剛才不是說把一切權利都移交給我了麼。

查莉莉：我說的是家裏的權利，可這是我個人的權利，它們不是一碼事！我個人的自由，你是無法干預的。

周　平：個人的一切，也應該服從家庭大局！

查莉莉：為了這個家庭，我犧牲得實在是太多了……

周　平：我不會忘記你犧牲的一切！

查莉莉：忘記怎樣，不忘記又怎樣？周平，我今天倒要問問你，這種犧牲，你還要我作出多久？

周　平：莉莉，話可不能這麼說。

查莉莉：那麼，請你告訴我，話應該怎麼說？

周　平：要說犧牲，人人都有犧牲。我這輩子，比你犧牲的更多！

查莉莉：我並不否認你比我犧牲得更多，可是，你為我作出過什麼犧牲？

周　平：莉莉，我……

查莉莉：在你心中，根本就沒有我查莉莉的地位。以前，我並不怨你，總是站在你的角度為你辯解，你是勞模，是標兵，是大家學習的榜樣，要以身作則，以身示範，得一心想著社會，想著集體，想著大家，想著工廠……自自然然地，想家庭，想個人，想我的時間和機會就少了。於是，多大的苦我吃了，多大的寂寞我捱了，多大的壓力我忍了……對此，我沒有半點怨言，我願意作出這樣的犧牲。可是，怎麼也沒想到，當我想改變一下自己的生活時，竟會遭到你如此激烈的反對，周平，你這人實在是太自私了！

周　平：莉莉，我並不反對你參加社會活動，只是……你要去當一名模特……我實在難以接受……

查莉莉：難道那些當模特的都不是人？

周　平：當然是人，也是社會的一種需要，只是……只是……

查莉莉：只是什麼？況且，這不過是一個時裝模特培訓班，若是那美術模特培訓班，脫了衣服讓別人看，給別人畫，那你恐怕得一刀把我殺了！

周　平：哪能呢？

查莉莉：諒你也不敢！

周　平：（不自然地笑）嘿嘿……莉莉，愛你都來不及呢，怎會拿刀殺人呢？

查莉莉：照這麼說，你是答應我了？

周　平：這……怎麼說呢？若是別的什麼，我會非常爽快地一口答應，可是……這參加模特培訓班的事兒，我實在是難以接受呵！

查莉莉：不接受也得接受！

周　平：莉莉，你什麼東西不好學，什麼活動不可以參加，怎麼就鬼迷心竅地非得參加模特培訓班不可呢？

查莉莉：這是我深思熟慮後的選擇。

周　平：莉莉，你也是快三十歲的人了，還去學什麼模特，趕什麼時髦喲！要是你在臺上像個妖精似地扭來扭去，我這臉面可往哪兒擱呀？

查莉莉：（笑）是我在臺上扭，又不要你上臺扭，你的臉面擱哪兒都可以呀！

周　平：話怎能這樣說呢？你是我的妻子，你的臉面就是我的臉面，我的臉面就是你的臉面，不是隨便哪個地方都可以擱的！

查莉莉：（故意做鬼臉）你的臉是你的臉，我的臉是我的臉，咱們的臉並沒有長在一起混淆不分呀，你愛擱哪就擱哪，與我沒有半點關聯，不信咱們試試看。

周　平：莉莉，莫開玩笑，我求求你了！

查莉莉：周平，沒開玩笑，我也求求你了，求你高抬貴手，放我一碼吧。

周　平：別的事都好說，可這一碼，我無論如何也放不過！

查莉莉：此話當真？

周　平：不假！

查莉莉：（冷冷地望了他一眼）因為對你抱有幻想，所以才說了一通廢話，其實根本就沒有跟你商量的必要，只怪我查莉莉太天真了。周平，不管你答不答應，我再對你說一遍，從明天開始，我就要參加培訓班的學習了！

周　平：（冷冷回應）只要我撥一個電話，你的想法就會成為泡影。

查莉莉：是嗎？（譏諷地）沒想到你還有這麼大的能耐，真讓我刮目相看了！

周　平：若非現實所迫，我並不是一個喜歡亂打電話的人。

查莉莉：好吧，我已作好充分準備，以領教你那電話的威力！

△查莉莉將收錄機音量旋大，悅耳的舞曲充室滿廳。

△踏著舞曲的節奏，查莉莉變換各種姿式，款款地走開了模特舞步。
△周平瞪大雙眼，目光緊緊地粘在查莉莉身上。
△燈暗。

二

△餐廳。
△古陽春與查莉莉隔桌相對而坐，桌上擺滿菜肴，兩人面前的高腳玻璃杯中，分別倒滿了白酒與紅葡萄酒。
古陽春：（舉杯）莉莉，祝賀你在全市時裝模特大賽中一舉奪魁！
查莉莉：邀我聚餐，難道僅僅為了表示一下你的慶賀？
古陽春：此其一也。
查莉莉：願聞其二。
古陽春：這其二嘛，當然與我的職業有關。
查莉莉：採訪？
古陽春：Yes。
查莉莉：尊敬的記者先生，請你做做好事，別再往我的傷口上抹鹽了。
古陽春：此話怎講？
查莉莉：可以毫不誇張地說，我的一切痛苦與不幸，都與你的採訪有關。
古陽春：（仍舉杯）先幹了這第一杯，再慢慢地敘說你光輝的痛苦歷程吧。
查莉莉：（碰杯，一飲而盡）再來一杯！
△古陽春為查莉莉斟滿葡萄酒。
查莉莉：（仰脖飲盡）還來一杯！

古陽春：細水長流，吃點菜再喝。

查莉莉：害怕了？

古陽春：又不是我喝，害怕什麼？

查莉莉：話恐怕不能這樣說吧？

古陽春：應該怎樣說？

查莉莉：我連乾三杯，你想蒙混過關？

古陽春：這……

查莉莉：這什麼？痛快人辦痛快事！來，乾！

△查莉莉一把奪過酒瓶，斟滿，一飲而盡。

古陽春：恕不奉陪。

查莉莉：怎麼，蔫了？

古陽春：（笑）還沒上陣，怎就蔫了呢？

查莉莉：不要以瘋作邪！

古陽春：那我就正兒八經了。

△古陽春欲將白酒倒回酒瓶，查莉莉趕緊制止。

查莉莉：你到底是男人還是女人？你若承認自己是個女人，那麼，我可以讓你斟上紅酒。

古陽春：（笑）我是男人還是女人，咱們大學四年，你還不清楚嗎？

查莉莉：那就請你乾掉三杯白酒吧。

古陽春：實難從命。

查莉莉：那麼……我只好就此告辭了。

古陽春：哎，別……別……我乾，乾！

△古陽春舉杯一飲而盡，又斟滿一杯白酒，皺皺眉，仰脖飲盡。

查莉莉：可以允許你吃點菜後再喝。

古陽春：恭敬不如從命。

△古陽春大口吃菜。

查莉莉：你的臉皮可真厚呀！

古陽春：謝謝褒獎。那第三杯酒……是不是可以格外開恩？

查莉莉：乾了第三杯酒，戲才算開了場。

古陽春：可不是嘛，要是你一走，這戲可就沒法往下演了。為了老同學的賞臉，今天我就豁出去了！

△古陽春倒酒，再次一飲而盡。

查莉莉：痛快，我需要的就是這種效果！老同學，說句實在話，咱們要聚上一次可真不容易，我哪能說走就走呢？還不是為了讓你喝個痛快，真正地放鬆一下自己？

古陽春：是啊，咱們活得太累了，是該瀟瀟灑灑痛痛快快地走上那麼幾遭才不至於枉活一輩子。

查莉莉：你要是在大學時代能有這種認識，生活恐怕不會是今天這個樣子吧？

古陽春：歷史是不能假設的，我們無法在想像中生活，只有面對現實，不管這現實多麼地冷酷，多麼地無情。

查莉莉：真沒想到，大記者又變成了一個偉大的哲學家。

古陽春：（笑）我也沒有想到，昔日的查小姐如今變成了一個冷面殺手。

查莉莉：這就是生活，生活能夠改變一切。

古陽春：是的，我已經在你身上明顯地感覺到了這種變化。如今的你，終於走出了深閨，走向了社會，完成了一次具有歷史意義的偉大轉變。

查莉莉：也沒有你說的這麼了不起，但是，這次走出家庭，我的確付出了一定的代價。

古陽春：比娜拉的出走還要艱難？

查莉莉：（苦笑）還不至於，但是，畢竟是跟周平鬧翻了臉。

古陽春：只怪你當初太天真、太浪漫了。

查莉莉：現在說這樣的話，還起什麼作用呢？

古陽春：我當時一而再、再而三地勸你，可你就是半點也聽不進去。

查莉莉：要不是你，我何至於走到今天這個樣子？

△古陽春長歎一聲，雙手撐著腦袋，默然無語。

△查莉莉苦笑著默默倒酒。

△定格。

△閃回。

△大學校園。古陽春與查莉莉坐在一塊草坪上。

查莉莉：今天的市報，你看了嗎？

古陽春：有什麼特大新聞？

查莉莉：頭版頭條刊登了一篇感人至深的報導。

古陽春：什麼內容？

查莉莉：寫的是本市一位勞模，學雷鋒的標兵，為孤寡老人做好事，為殘疾人上門理髮，為同事們排憂解難，十年如一日。他的這種行為，得不到社會的理解，不少人認為他是一個傻子，一個苕貨；妻子更是不能理解、不能容忍他的這種行為，終於帶著兒子離開了他……他忍受著許許多多的嘲諷與打擊，仍頑強地做著他認為應該做的一切……噢，他的事蹟實在是太動人了，古，你真該好好讀一下才是！

古陽春：是嗎？

查莉莉：（認真地點頭）是的！

古陽春：可是，你知道文章的作者是誰嗎？

查莉莉：這我可沒用心去記。

古陽春：（笑）就是敝人。

查莉莉：什麼，你？

古陽春：不錯，正是敝人，筆名春子。

查莉莉：（捶打古的肩膀）你壞，你壞！

古陽春：莉莉，別打了，饒了我吧。

查莉莉：誰要你戲弄我的，看你還敢不敢！

古陽春：（做投降狀）不敢了，再也不敢了！

查莉莉：坦白交代，你是怎麼寫了這篇文章的？

古陽春：是……我交代，交代……因為我想當一名記者，想留在本市，想……唉，原因很多，總之是，我摸到了一條極有價值的線索，花費了大量心血，終於完成了這篇能夠打動你的新聞。

查莉莉：這樣的大事，也不給我透露一點資訊，古，你太不把我當回事了。

古陽春：你太會上綱上線了。

查莉莉：（傷感地）我明白，你心裏並沒有我。

古陽春：莉莉，你永遠是我最好最好的朋友。

查莉莉：廣義的，還是狹義的？

古陽春：你知道，我已經有了對象。

查莉莉：就上次那個鄉下姑娘？

古陽春：（點頭）我不能讓母親傷心，她守寡含辛茹苦把我拉扯成人，我要好好孝敬她才是。她喜歡蕭冰姑娘，我……也只有跟她一樣喜歡蕭冰姑娘……

查莉莉：你真的喜歡她嗎？

△古陽春點頭，馬上又搖頭。

查莉莉：你喜歡我嗎？

△古陽春搖頭，馬上又點頭。

查莉莉：既然如此，你就不能有一星半點自己的主見嗎？

古陽春：（囁嚅地）我……我……我不是我啊！我的生命，我的一切，都是母親給的，我不能違拂她老人家的心願啊！

查莉莉：可是，你就能違拂我的心願嗎？

古陽春：這是沒有辦法的事情，莉莉，請原諒我吧！

查莉莉：不！我不能原諒你，我永遠也不能原諒你！古陽春，你聽著，要是你背叛了我……那麼……那麼……我……我就……

古陽春：（驚恐地望著查莉莉）你……你就怎樣？

查莉莉：我就嫁給周平！

古陽春：周平？哪個周平？

查莉莉：就是你寫的那個勞模周平！

古陽春：莉莉，別說瘋話，這怎麼可能呢？

查莉莉：當它變成事實之後，你還會懷疑它的真實嗎？

古陽春：（大聲地）不，莉莉，你不能這樣做，那會毀了你的，你一定不要這樣！

查莉莉：這是我的自由，你管不著，管不著，管不著……

△查莉莉大聲叫喊著跑向遠方。

△暗轉。

△餐廳。古陽春與查莉莉隔桌相對而坐。

古陽春：（脫口而出）不，你不能這樣，一定不要這樣……

查莉莉：（使勁敲桌）大記者，古記者！古陽春！

古陽春：啊，怎麼回事？（睜開朦朧的雙眼）噢，原來還在餐廳呢。對不起，莉莉，我喝多了，有些失態了。

查莉莉：這可真是酒不醉人人自醉呀。

古陽春：（搖頭）一場夢，恍恍惚惚一場夢……難怪哲人們開口閉口人生如夢的……

查莉莉：你的夢醒了嗎？

古陽春：（苦笑）想不到，後來你真的嫁了周平。

查莉莉：你應該知道，我是個說一不二的人！

古陽春：你們似乎生活得很幸福。

查莉莉：似乎？記者措詞真是一針見血呵。自我嫁給他後，報社記者前來採訪，電視臺的跑來拍攝，把我吹得暈頭轉腦，真有點不知東南西北了。我就在這種虛幻的陶醉與滿足中，成了一個地地道道的家庭主婦，承包了所有家務，好讓周平全力以赴地學雷鋒，當勞模，做標兵……古記者，請你說句公道話，這些年，我查莉莉表現怎樣？

古陽春：滿分，典型的賢妻良母！

查莉莉：（不自然地笑）哈哈哈……賢妻良母……賢妻，也許算得上；可良母呢？沒有生養兒女，良母從何道來？

古陽春：周平兒子讓她前妻帶走了，你怎麼不生養一個呢？孩子也是一種安慰與依靠呵。

查莉莉：他為了當先進，保勞模，做標兵，主動做了節紮手術……

古陽春：噢，原來如此。

查莉莉：你說，我查莉莉還有什麼，還有什麼？為了顯示我查莉莉的存在，為了實現我自己的價值，我終於走出封閉了五年的家庭，報名參加了市里的模特培訓班……也因此而與周平鬧翻了……

古陽春：威風不減當年，一露臉，就奪了個全市第一，真不愧為當年校花。

查莉莉：當年校花？（苦笑）也就是說，已是一朵昨日黃花了喲……古記者措辭，可真叫準確到位啊。（搖頭）一場夢，真是一場夢呢！

△《尋夢》歌聲隱隱傳來：

是夢，啊，不是夢，
那秦時的明月，
那漢時的風，
是夢不是夢，
望斷了關山萬千重。
尋你尋你，啊千呼萬呼，
想你想你，啊魂牽心動，
為你為你，啊腳步匆匆，
怨你怨你，啊盡在不言中……

古陽春：今宵夢醒何處？

查莉莉：夢醒何處？（望望四周）噢，夢醒了，殘痕墜落，我也該走了。大記者，你的採訪，還有什麼需要我配合的嗎？

古陽春：採訪完畢，莉莉，謝謝你的合作。

查莉莉：那麼，我的事蹟又可以見諸報端了？

古陽春：這次，可不是見報，而是寫在書中，一部很好的小說素材。

查莉莉：拿了稿費，可別忘了請客喲。

古陽春：放心吧，忘不了的。（舉杯）來，為了我們的下次相聚，乾！

查莉莉：（舉杯）乾！

△兩人碰杯。

△燈暗。

三

△古陽春家，裝修得富麗堂皇。

△蕭冰躺在床上看電視。

△古陽春醉醺醺地開門上。

蕭　冰：（回頭）又在哪裡喝成了這個樣子？我不知跟你說過多少次，沒有喝酒的本事，就不要到處逞能！

古陽春：你的教導我時刻牢記在心，可只要一上酒桌，就人在江湖，身不由己了。

蕭　冰：又跟哪幾個狐朋狗友在一起鬼鬧？

古陽春：什麼狐朋狗友？人家是正兒八經的良家婦女呢。

蕭　冰：什麼？良家婦女？你跟一個良家婦女在一起喝酒，勾引別人？

古陽春：（自知說漏了嘴，趕緊掩飾）我在打比喻，是說這些所謂的狐朋狗友，其實比良家婦女還要正經，都是些非常規矩的好人。

蕭　冰：（冷笑）哼，狐狸露了尾巴，被我一把抓住，還想收回去嗎，已經來不及了。

古陽春：尾巴沒有，要抓頭髮，恐怕還有一大把。

蕭　冰：別跟我耍嘴巴皮子了，這幾年做生意，我可練就了一雙火眼金睛，能夠明察秋毫呢。你騙我是騙不過去的，還是老實交待吧，今天到底是跟哪個良家婦女在一起待了一個晚上？

古陽春：（反守為攻地）你今天晚上沒打麻將閒得無聊，就想在我身上尋求刺激，弄點黃色新聞逗樂是不是？蕭冰同志，這個主意打得不錯啊！

蕭　冰：蕭冰同志？你剛才稱我同志？是啊，在你眼裏，我不過是你的一個同志而已，跟你一塊喝酒的那位良家婦女，才是你的情人呢。

古陽春：我看你真是鑽進牛角尖裏去了，我哪來的什麼情人？我倒希望能有那麼一個正兒八經的情人呢！

蕭　冰：真是一語道破天機，我看你滿肚子裝的都是這麼一些壞水吧，根本沒把我蕭冰當回事！

古陽春：如果你自己把自己當回事，我也就拿你當回事了。

蕭　冰：我……怎麼了？

古陽春：你怎麼了，比我知道得不是更清楚嗎？

蕭　冰：為這個家，我犧牲得還少嗎？我起早摸黑，千方百計地賺錢，家裏的東西，哪一樣不是我買來的？房子的裝修，又有哪一分錢不是我掙來的？古陽春，你捫著良心說說看，你為這個家，到底做了一些什麼？每天清早出門，一天到晚見不到你一根人毛，沒見帶回一分錢，回家了還要指手劃腳，你有什麼資格教訓我？

古陽春：別掙了幾個破錢就在我面前顯擺！

蕭　冰：有本事你也掙幾個破錢回來用用！

古陽春：要不是我，你有掙錢的資格嗎？把你從那偏遠的山村弄到城裏，又為你弄了個城鎮戶口，還跟你弄了個做生意的門面，這才有了你賺錢的資本，才有了你的今天。你可不要賺了幾個錢，就不知天高地厚，不知東南西北了。

蕭　冰：是啊，你更應該知道，你之所以能有今天，是與我爸爸對你家的支持分不開的。要不是我爸出錢供養，你上得了大學嗎？你上大學那幾年，要不是我幫你媽挑水做飯，還幫她種那幾畝責任田，她能活到今天嗎？古陽春同志，你可別忘恩負義、不知好歹喲！

古陽春：去去去，別跟我說這些，一提這些我就心煩，就頭疼！

蕭　冰：怎麼，難道我剛才說的這些不是事實？

古陽春：是事實怎麼樣，不是事實又怎麼樣？你別以為那幾年幫了我，就得一輩子感恩戴德才是。

蕭　冰：我心裏清楚得很，你是一個忘恩負義的傢伙。

古陽春：我要真的忘恩負義，也不會是今天這個樣子了。

蕭　冰：今天這個樣子怎麼樣，你不要身在福中不知福。

古陽春：福？（苦笑）是啊，我可真是一個有福之人呢。生在新社會，長在紅旗下，別人吃盡了苦頭，我則有享不完的清福啊！

蕭　冰：難得你有這種認識，可真不簡單。

古陽春：（環顧四周，攤開雙手，誇張地）是啊，特別是現在，我擁有一個偉大的小康之家，而這一切，都是我妻子掙來的，不需我半點勞動；我更有一個了不起的妻子，她打起麻將來，可以三天三夜不睡覺，被人譽為「將星」，稱為「職業殺手」，我這個做丈夫的，是多麼地自豪啊！

蕭　冰：別抒情啦，我身上可要起雞皮疙瘩了。

古陽春：今天怎麼沒去「戰鬥」，是不是三缺一？

蕭　冰：（下意識地）是啊，小蘭這幾天有事，硬是找不到一個角兒。要不，咱們早就開始「二五八」了。（做洗牌動作）

古陽春：手有點癢是不是？心裏恐怕會更癢吧！我說蕭冰同志呀，你把那大好時光浪費在麻將上面，不是太可惜了嗎？你就不能幹點別的事情，比如說看看書，練練字呀，要不然，咱倆的距離可是越來越大了呢！

蕭　冰：古老師，您還有什麼教導，俺洗耳恭聽著呢，要不要記在筆記本上，或是用答錄機錄下來？

古陽春：沒有這種必要，記在心上就行了。

蕭　冰：（板臉，厲聲地）閉上你的臭嘴，就憑你這酸不啦嘰的樣子，也有資格教訓我？！

古陽春：（一驚）哎呀我的媽呀，咱這家裏怎就突然竄出了一隻母老虎？（做鬼臉）請你說句人話，是不是真的想吃掉我？

蕭　冰：少跟老娘來這一套！古陽春，你肚裏的花花腸子我一清二楚得很，你想找情人，想離婚，儘管直說好啦，用不著轉彎抹角折騰我。不錯，咱們倆是有距離，距離大得很，但是，我一點也不想抹平這種距離，它是永遠也抹平不了的。告訴你吧，這就是生活，就是咱們老家人說的過日子。過日子嘛，不是卿卿我我，不是你所想像的那種浪漫，更不是你在書中見到的才子配佳人風情萬種。如今，咱們就是那種地地道道的過日子。當初咱們結婚，我沒有強迫你；今天你要離婚，我半點也不阻攔你，保證積極配合。

古陽春：一天到晚，不要神經兮兮的，哪個說要跟你離婚了？不要賺了幾個臭錢，就成了一個救世主似的自以為了不得，尾巴都快翹到天上去了。告訴你吧，這世上還有很多比錢更貴重的東西。你以為有了錢就有了愛情，就有了幸福，就有了一切？蕭冰同志，如果你有這種想法，那麼，現實將讓你好好認識認識什麼才是真正的生活！

蕭　冰：古陽春同志，我將用事實告訴你，金錢到底具有多大的威力。

古陽春：我等待著你的精彩表演。

蕭　冰：（冷笑）哼，到時候，我要叫你吃不了兜著走！

△燈暗。

四

△舞廳，燈光搖曳。

△古陽春與查莉莉坐在一側的包廂內。

查莉莉：記者先生，跳一曲，怎麼樣？

古陽春：哪有小姐請先生的道理？

查莉莉：你不請我，我只好請你了。可別忘了，今天是我請客呢。

古陽春：說句大實話吧，我跳慢步還可以，跳快步可就要出洋相了。

查莉莉：我帶你，不礙事的。

古陽春：正因為跟你跳，我才擔心出洋相呢。

查莉莉：為什麼？

古陽春：你如今成了美康服飾有限公司模特隊的成員，走的是經過訓練了的專業舞步，我要跟你在一塊跳，那可真是不比不知道，一比嚇一跳。

查莉莉：（笑）你一張記者嘴可真厲害。這樣吧，我不跳專業步，就拿跟你一樣的水平，咱們倆湊合著跳，怎麼樣？

古陽春：這太累了，其實，我進舞廳，並不是為了跳舞。

查莉莉：那為了什麼？

古陽春：更多的是為了感受一種氛圍。

查莉莉：是嗎？

古陽春：這還有假？那麼，你呢？

查莉莉：我？古，說實話，我對跳舞並不感興趣。我之所以參加市里的模特培訓班，之所以辭職進入美康服飾有限公司模特隊，並不是因為我對跳舞多麼多麼地愛好，而是為了……為了追求一種新的生活。人，不可能永遠在過去的軌道上兜圈子，特別是當夢醒了的時候，就再也無法回到過去的夢境裏去了，哪怕這夢是多麼地美麗，也是一個虛幻的肥皂泡。

古陽春：這段時間在外巡迴演出，肯定會有不少深刻的感受吧？

查莉莉：可不是嘛，生活豐富多彩著呢。一個最深刻的感受，就是覺得以前的日子，過得實在是太可憐了。

古陽春：怎樣才叫不可憐？也許，從另一個角度看，你現在的生活才是一種可憐。

查莉莉：當然，一切事物都是相對而言的。只要你自己覺得生活充實，也就算活出意義來了。

古陽春：說說容易，做到可就難了。咱們中國人，很大程度上並不是為自己而活著。

查莉莉：（苦笑）是啊，人，要是真正看破紅塵，恐怕連一分鐘也活不下去了。

古陽春：心中至少應該存著一種夢想一點希望是不是？

查莉莉：能告訴我你心中的夢想與希望嗎？

古陽春：No，No，（攤開雙手）暫時無可奉告。

△沉默。

△舞曲由弱漸強。

△《尋夢》歌聲起。

古陽春：（起身，做了一個漂亮的邀請動作）查小姐，請。

查莉莉：這是「溫柔十分鐘」。

古陽春：我等的就是這支曲子。

查莉莉：你……

古陽春：剛才你不是問我心中的夢想與希望嗎？《尋夢》就是我的回答。

△查莉莉含情脈脈地站起身。

△燈弱，樂曲聲漸強。

△查莉莉與古陽春相對而立，執手、攬腰、貼近，隨樂曲舞蹈。

△《尋夢》歌聲起：

是夢，啊，不是夢，
那秦時的明月，
那漢時的風，
是夢，不是夢，
望斷了關山千萬重。
失落的夢，啊追尋的夢，
此情此景，啊終又相逢，
深深的愛，啊綿綿的情，
都化作雲潮，啊雲潮洶湧……

△查莉莉與古陽春跳著，舊情澎湃，兩人情不自禁地擁抱著親吻起來。

△燈驟亮，緊接著兩道照相機的閃光燈掠過。

△查莉莉與古陽春擁抱著呆立原地。

△蕭冰上。

蕭　冰：哼，一對狗男女，出盡了洋相，還捨不得分開，倒真有幾分浪漫的情調呢！

△查莉莉與古陽春分開。

查莉莉：（示威地）明人不做暗事，我就是與古陽春好上了，你想怎麼樣？

蕭　冰：（不屑地）跟你這種不要臉的東西說話，降低了老娘的身份呢，識相的就滾遠點！

△查莉莉欲衝上去，被古陽春攔住。

古陽春：蕭冰同志，你來的可真是時候呀！

蕭　冰：是啊，來得早不如來得巧，可這巧並不是被我碰上的。

△古陽春疑惑地望著蕭冰。

蕭　冰：告訴你吧，這就是金錢的威力！

古陽春：金錢的威力？

蕭　冰：我花錢雇了一個人專門盯你的梢，每天也不過一百元人民幣；剛才，我甩給那燈光師五百塊錢，儘管這支曲子才跳了五分鐘，他二話沒說，就開亮了燈光，為我抓拍珍貴的鏡頭提供了不可缺少的有利條件。古陽春，你不是等著我精彩的表演嗎？哈哈哈……這下，你該領教金錢的威力了吧！

古陽春：蕭冰，我沒想到你會這樣卑鄙！

蕭　冰：我也沒有想到，你這有知識有文化有水平的人會做出這麼高尚卻見不得人的事情！

古陽春：好吧，既然這見不得人的事情已經被你這個不是人的人見到了，下一步，你打算怎麼辦？

蕭　冰：那可就要看你的表現了。天不早啦，我得回家休息了，古陽春同志，還有這位勞模夫人，咱們拜拜啦。

△蕭冰得意地下。

△查莉莉與古陽春相互對視。

查莉莉：是啊，咱們應該怎麼辦啊？

古陽春：（苦笑）一切順其自然吧！

△燈暗。

五

△夜，周平家門外。

△蕭冰蹲在地上焦急地等候著。

△周平拖著緩慢沉重的腳步上。

△蕭冰趕緊站起身迎了上去。

蕭　冰：勞模同志，找你真難呀。

周　平：你是……

蕭　冰：怎麼，認不得我了？

周　平：對不起，樓道燈太暗了，模模糊糊，我一下子實在認不出來。

蕭　冰：我是蕭冰。

周　平：哪個蕭冰？

蕭　冰：古陽春的妻子。

周　平：哦，古記者的內人呀。（熱情地）歡迎歡迎，讓你久等了，真不好意思，請進，快請進！

△周平掏鑰匙開門，開燈。

△蕭冰隨周平進入室內。

△周平返身虛掩房門，讓座，倒茶。

周　平：古記者呢？怎沒跟你一起來做客？

蕭　冰：他還好意思來你家做客嗎？

周　平：（驚異地）古記者怎麼啦？

蕭　冰：我正為他的事而來。

周　平：快告訴我，他到底發生了什麼事？

蕭　冰：他扮演了一個極不光彩的角色。

周　平：什麼不光彩的角色？

蕭　冰：第三者！

周　平：（笑）看把你氣的！當記者的，有點風流韻事，免不了的，這有什麼值得大驚小怪的！

蕭　冰：是嗎？沒想到周勞模竟有如此大度！

周　平：人之常情，可以理解嘛。

蕭　冰：要是他插足你的家庭，你還有這麼豁達嗎？

周　平：插足我的家庭？你是說他跟查莉莉好上了，搞什麼婚外戀？不不不，完全沒有這種可能。這段日子，查莉莉一直在外巡迴演出呢，就是我，連她人毛也沒見著一根，更不用說古記者了。

蕭　冰：在外演出，正好為他們倆提供了可乘之機。

周　平：不會，絕對不會，我跟莉莉雖然鬧了一點矛盾，起了一點磨擦，但還沒到徹底決裂這一步。夫妻之間，爭爭吵吵正常得很，牙齒跟舌頭，有時候也免不了磕磕碰碰呢。

蕭　冰：看來只有用鐵的事實，才能使你清醒了。

△蕭冰掏出兩張查莉莉與古陽春親吻的照片遞了過去。

蕭　冰：勞模同志，慢慢看吧，可別生氣哦。

△周平接過一看，驚得目瞪口呆。

周　平：這……會是真的嗎？我該不是做夢吧？

蕭　冰：不，你沒有做夢，這是真的，千真萬確，是我親自偷拍到的。

周　平：（怪異地笑）咯咯咯……真的，這是真的，千真萬確，一點也錯不了！他們兩人在親吻，多麼癡情，多麼投入呀！要不是見到這活生生的照片，就是打死我，也不會相信的。

蕭　冰：（學周平口吻）當記者的，有點風流韻事，免不了的，這有什麼值得大驚小怪的！

周　平：（氣惱地）別在一旁說風涼話了！古陽春是你丈夫，查莉莉是我妻子，這關係到我們兩個家庭的安定團結與和諧穩定，你應該想想辦法與對策才是！

蕭　冰：我有什麼辦法呢？有辦法早就解決，也用不著來找你了。

周　平：難道就讓他們兩人這樣繼續亂搞下去，弄得咱們聲敗名裂？

蕭　冰：他們又不是三兩歲的小孩，難道不知道這樣胡鬧的危害與後果嗎？

周　平：是呵，都是些有文化有水平的知識份子，怎就幹這些見不得人的事情呢？

蕭　冰：文化越高，肚裏的花花腸子越多。

周　平：（長歎）唉——想不到，會是今天這種結局！當初，我就不相信查莉莉會真正地愛上我這被前妻拋棄、被他人當作怪物的小人物。她是那樣年輕，那樣漂亮，還是一個大學畢業生，一個沒有結婚的黃花閨女……她的個人條件是那樣地好，什麼樣的人找不到呀，究竟看上了我哪一點呢？她說她就看上了我這個人，被我的事蹟深深打動了，要為我服務，為我犧牲、奉獻她的一切，她說她是真心誠意、心甘情願的……當時，我好感動好感動喲，不怕你笑話，我竟被她感動得流下了兩行熱淚，恨不得將自己的心掏出來回報給她……

蕭　冰：你這是好心得不到好報！

周　平：（回憶，神往地）我又建立了一個新的美好家庭，不少人羨慕、嫉妒得眼紅，都說我走桃花運憨人有憨福。是的，我也感到了一種從未有過的真正幸福，又煥發了新的青春，覺得活在世界上真是一種享受……於是，我工作得更加勤奮了，為社會做好事也更加積極了，我沒日沒夜拼命地幹，為的是更好地報答莉莉……

蕭　冰：（不解地）你怎麼以這種方式報答她呢？

周　平：她之所以愛上我，就是被我的事蹟感動了，我只有更加無私地為社會奉獻我的一切，才能繼續打動她，才能很好地維持我們之間的愛情呀！

蕭　冰：難怪別人說你是一個憨人的！

周　平：難道我做了什麼錯事不成？

蕭　冰：當初，她還是一個大學生，天真浪漫，把一切都想像得十分純潔美好，因此，她會被你的事蹟感動，會不知不覺地愛上你；但是，當你們結婚了，建立了一個新的家庭，天天在一起過日子，就沒有了那種浪漫，你就得目光向內，考慮怎樣把小家庭建設得更加美好，這才能繼續打動她，繼續贏得她的一顆愛心……我的勞模同志喲，你應該知道，女人是最講究實際與實惠的！

周　平：難道真像你說的這樣嗎？

蕭　冰：千真萬確呢！

周　平：我不相信女人都是這個樣子！

蕭　冰：我就是一個女人，我剛才說的，就是我內心的真實想法。

周　平：你的想法能代表所有女人嗎？

蕭　冰：當然不能代表所有女人，但至少能代表所有正常女人。

周　平：照你這麼說，是我虧待了莉莉，她才會背叛我？

蕭　冰：不錯。

周　平：也就是說，是我將莉莉推進了你丈夫懷抱？

蕭　冰：是的，你沒有管好她，責任在你！

周　平：難道說，我這十多年所做的一切全都是錯？

蕭　冰：你沒有錯！

周　平：是啊，我當然沒有錯！我一心一意撲在工作上，錯在哪裡？我不計報酬，為社會無私奉獻，錯在哪裡？我做標兵，保勞模，當典型，難道這也有錯？要是我錯了，除非咱們這個社會出了毛病，得了癌症！可是，既然我沒有錯，為什麼別人不能理解，要對我冷嘲熱諷、挖苦打擊呢？為什麼前後兩個女人都要背叛我、拋棄我呢？我為什麼總是得不到好報呢？……我不明白，不明白，實在是不明白呀！

蕭　冰：這個道理很深奧，不是咱們一下子明白得了的，況且，也沒有必要弄得明白白白。（指照片）當下要緊的，是想什麼辦法對付這兩個忘恩負義的傢伙！

周　平：你說怎麼辦？

蕭　冰：好好地報復一下他們！

周　平：不，我不能報復！對莉莉我只有感恩、報答的份兒！

蕭　冰：（激將地）那麼，你就永遠做一個烏龜王八好啦。或者，乾脆將這兩張照片多多沖洗，廣為散發，讓大家跟著你一起分享做一個烏龜王八的快樂！

周　平：（惱怒地）不，我不是烏龜，更不是王八，你才是一個烏龜王八蛋呢！

蕭　冰：既然不是烏龜王八，那麼，你就考慮做一個真正的男人吧！

周　平：是的，男人，真正的男人，我是一個堂堂正正的男人！我要報復，我要殺……不，我不能殺人，不能犯罪！但是，我應該給他們一點顏色看看，讓他們嚐嚐我這個男人的厲害！

蕭　冰：這就對了！勞模同志，你準備給他們一點什麼樣的顏色瞧瞧？

周　平：這個……這個……我一時半刻還沒有想好，但總歸是要想一個法子的。

蕭　冰：我倒有一個不錯的法子。

周　平：什麼法子？快說說看。

蕭　冰：（指照片）以毒攻毒。

周　平：（搖頭）我不懂你的意思。

蕭　冰：咱們也來這麼一張照片回敬他們。

周　平：（大驚）不可能，這不可能！

蕭　冰：怎麼不可能？

周　平：寧可人負我，不可我負人，這是我做人的準則，我不能背叛自己。

蕭　冰：誰要你背叛自己了？就你這個傻不啦嘰的樣子，倒貼幾個錢，我都沒有眼睛看呢。勞模同志，我的意思是說，咱們來它個以假亂真，打亂他們的陣腳。

周　平：你這主意倒不錯，只是……只是……我一下子進入不了角色。

蕭　冰：不要急，慢慢來嘛。咱們先表演表演，慢慢兒就適應了，到時候，我就用這隨身帶來的相機，用它的自拍功能，來一個定格。

周　平：好吧，今晚就聽憑你擺佈吧。

蕭　冰：事不宜遲，咱們得抓緊時間，那麼，現在就開始吧。周勞模，請站起來，面對著我。

△周平與蕭冰相對而立。

蕭　冰：靠近我，抱緊我的後腰。

△周平顫顫抖抖地依言而行。

蕭　冰：把頭伸向我，吻我。

△周平慢慢地貼近蕭冰臉蛋，嘴裏噴出一股粗重的喘息。

△突然，周平推開蕭冰，一屁股坐在沙發上。

周　平：不行，我幹不了這個，咱們還是用其他什麼方式回敬他們吧。

蕭　冰：只有這種方式，才有殺傷力，才最具效果！

周　平：我實在不行，蕭冰，你就饒了我吧。

蕭　冰：別打退堂鼓，鼓足勇氣，再試試看。

周　平：真拿你沒法，好吧，今天我就豁出去了！

△周平再次站立，一步一步地走向蕭冰，抓手，攬腰。

△周平在積蓄力量。

△周平鼓足勇氣，猛然吻向蕭冰。

△一陣新奇、刺激與興奮湧上心頭，周平竟十分投入地與蕭冰熱吻起來。

△吱呀一聲，房門被人推開。

△查莉莉上。

△周平與蕭冰趕緊鬆開，目光同時射向查莉莉。

查莉莉：蕭冰，你可真有能耐，竟跑到我家中調起情來了！

蕭　冰：俺再有能耐，比起你來，可就差遠啦。

查莉莉：（憤怒地）世上再也找不出第二個比你更卑鄙的女人了！

蕭　冰：我是第一，你是第二，咱們彼此彼此，你就不要五十步笑一百步了。

查莉莉：你如果還有一點自尊與廉恥的話，就請滾遠一點！

蕭　冰：要是我不滾呢？

查莉莉：你要知道，這可是我的家！

蕭　冰：可惜這房子的真正主人不是你，而是周平。周平留我今晚不走，我怎好違背主人的美好心願呢？

查莉莉：（望周平）噢，原來如此！那麼，對不起，打攪二位了。

△查莉莉欲轉身退出。

周　平：莉莉，你別走！

查莉莉：還想繼續羞辱我是不是？

周　平：不，這不是真的，不是真的！是假的，全是假的！

查莉莉：還要怎樣才算真的呢？好了，今後再也用不著在我面前偽裝了。祝你們幸福，再見！

蕭　冰：（揮手）拜拜啦您！

周　平：（大叫）莉莉，別走，你聽我說……

△查莉莉頭也不回地下場。

△周平欲追，被蕭冰攔住。

蕭　冰：我的勞模同志，你追也無益了，還是動點腦筋、花點心思，好好考慮下一步的路該怎麼走吧！

△燈暗。

六

△長江岸邊。江水東流，波濤洶湧。

△現代化城市的輪廓隱約可見。

△古陽春與查莉莉在江邊漫步。

查莉莉：（如釋重負地）解脫了，終於解脫了！

古陽春：這場馬拉松總算結束了！

查莉莉：（抒情地）自由了，我終於自由了！長江是多麼地遼闊，陽光是多麼地明媚，天空是多麼地蔚藍，生活是多麼地美好呀！

古陽春：是嗎？我的心中，可沒有這麼多的詩情與畫意，不知怎麼，我只感到一股深深的疲憊與無奈。

查莉莉：你應該高興才是。

古陽春：是啊，我也知道應該高興才是，可就是高興不起來。

查莉莉：為什麼？

古陽春：不為什麼。

查莉莉：咳，你這人真掃興！

古陽春：莉莉，實在對不起，我並不想讓你掃興，可是，我又不願意在你面前說假話呀。

查莉莉：還想著他們兩人是不是？

古陽春：他們？哪個他們？

查莉莉：還有哪個他們，當然是周平與蕭冰了。

古陽春：（苦笑）真沒想到，他們兩人竟結合在一起了。

查莉莉：應該說，是咱們倆促成了他們的結合。

古陽春：同病相憐，原也在情理之中。

查莉莉：相憐，也不至於相愛結婚呀！聽說他們倆還在金花大酒店舉行了一場隆重的結婚典禮呢。

古陽春：（譏諷地）一個有錢，一個有名，這婚禮肯定風光極了。

查莉莉：你又可以寫篇報導賺幾個稿費了。

古陽春：那是記者們的事情。

查莉莉：好像你不是記者似的。

古陽春：從今天開始，我已經不是一個記者了。

查莉莉：你不是記者了？

古陽春：是的，我已經辭職了。

查莉莉：（不認識似的盯著古陽春）你辭職了？

古陽春：不錯，辭職了，成了一個無業遊民。我再也不必看領導的臉色行事了，再也不必昧著良心寫那些假大空的狗屁文章了，再也不必謹小慎微如履薄冰像個乖乖兒一樣地過日子了，也就是說，我真正地得到了解脫，獲得了自由！當然，我的生活，也因此而失去了一定的保障。往後去，一切的一切，都得依靠自己了，依靠自己的一雙手，依靠自己的兩條腿，依靠自己的一個腦袋……

查莉莉：那麼，你今後打算找點什麼事情幹幹呢？

古陽春：什麼事情也可以幹，什麼事情都可以不幹。

查莉莉：總得靠什麼職業謀生才是呀。

古陽春：如今這社會，謀生的職業多得是。在咱們社會主義社會，哪怕只是初級階段，難道還擔心餓死不成？

查莉莉：（笑）就是去討米，也不會餓死呀。

古陽春：也許，我今後說不定會真的去討米，去流浪的。

查莉莉：那麼，你人生的價值靠什麼來實現，又怎樣去實現呢？那樣活在世上，還有什麼意義可言？

古陽春：「生命誠可貴，愛情價更高。若為自由故，兩者皆可拋。」裴多菲的這首詩以前背得滾瓜爛熟，可並沒有真正理解它的內在含義。當經歷了幾番人生的風風雨雨之後，才多少弄懂了那蘊含其中的深刻哲理。

查莉莉：（望著古陽春臉盤）也就是說，你準備離我而去了。

古陽春：這些日子，我腦裏一直在考慮著這些問題。表面上看，周平與蕭冰，兩人格格不入，可實質上，他們的性格卻是統一的；咱們兩人呢，表面看來十分般配，可實際上，我們的性格與追求卻相差甚遠。

查莉莉：能說具體一點嗎？

古陽春：當然可以。比如說，你能跟著我一道去流浪，去受苦嗎？

查莉莉：（想了想）坦率地說，我難以接受這種生活方式。

古陽春：也就是說，你無法做到。

查莉莉：是的，我不能閉著眼睛說瞎話，我不想欺騙你，也不想欺騙自己。

古陽春：這就是我們兩人之間的距離。

△沉默。

查莉莉：其實，憑你的才能，完全可以進我們美康服飾有限公司來工作，你可以當一個經理秘書或者經理助理，可以當一個宣傳科長，還可以在公關部工作……總之，機會多的是，鈔票大大的有。

古陽春：這就是選擇。人生在世，總要面對各種各樣的選擇與誘惑，可是，你所說的這些，都不是我所要選擇的對象。

查莉莉：為了我，為了我們這些年來的癡情與執著，你就不能作出一定的讓步與犧牲嗎？

古陽春：這種選擇與愛情一樣，是來不得半點勉強與虛假的。

查莉莉：你真是一個具有鐵石心腸的男人！

古陽春：這就是一個人的本性，正所謂江山易改，本性難移。莉莉，如果我傷害了你的感情，那麼，只好請你高抬貴手，原諒我的無情了。

查莉莉：其實，我覺得，本真意義上的情人最好是不要生活在一塊，日常生活的瑣碎如一團亂麻，會把他們攪得暈頭轉腦，弄成一對生死冤家的。

古陽春：可不是嘛，只有適當的距離與朦朧，才會產生一定的詩意與美感。

查莉莉：那跟鏡中月與水中花，又有什麼兩樣呢？

△兩人發出一陣怪異的笑聲。

△突然，傳來一陣「噹噹噹噹」的鐘樓報時聲。

△兩人不約而同地抬腕看錶。

查莉莉：十二點整。

古陽春：十二點，我得走了。

查莉莉：上哪？

古陽春：不知道，看來只有跟著感覺走了。

查莉莉：我也該走了，美康服飾有限公司下午還有一場時裝表演呢。

△兩人並肩向著高大的城市剪影緩緩走去。

△空中傳來隱隱歌聲：

我停留在繁華人間，
多少夢最後成淒涼；
你將會歇腳何方，
去等待心中的渴望……

△劇終。

（原載《戲劇之家》1996年第5期）

尋找活法

（小劇場話劇）

時間：當代。

人物：郁　飛——男，35 歲，某公司經理。

沈雲菲——女，26 歲，郁飛妻。

江　楓——男，25 歲，郁飛助手。

黃醫生——男，45 歲，某綜合醫院心理諮詢室主治醫師。

素　素——女，32 歲，某大型工廠工人。

荷　花——女，36 歲，農民。

馬　龍——男，40 歲，農民，荷花丈夫。

一

△某綜合醫院心理諮詢室內。設備簡陋。

△主治醫師黃醫生坐在辦公桌前，認真地觀察坐於一側的某公司經理郁飛。

黃醫生：郁先生，您就放心好啦，我保證盡最大的努力為您治病。

郁　飛：您要是治好了我的病，我將以公司的名義贊助二十萬元，把這個諮詢室裝修一新，至於您本人，我另有重謝。

黃醫生：咱們現在不談這些，關鍵是把你的病治好。

△黃醫生左手按病歷，右手握筆，做好記錄準備。

郁　飛：黃醫生，我還有一點要求。

黃醫生：你說吧，只要正當合理，我都會認真考慮的。

郁　飛：請不要把我說的記在病歷上，可以嗎？因為……

黃醫生：（打斷）我不需要任何解釋，凡涉及病人隱私，我們一定嚴加保密。

△黃醫生放下鋼筆，將病歷推在一旁。

郁　飛：（欲說又止，掏出一支香煙遞過去）黃醫生，請抽煙。

黃醫生：（推開）謝謝，我不會。

郁　飛：我知道您不會抽的，但是，我可以抽嗎？

黃醫生：（點點頭）可以。

△郁飛將遞給黃醫生的煙收回叼在自己口中，掏出一個高級防風打火機，點燃，貪婪地吸了一口。

郁　飛：（噴出一口濃煙，緩緩地）黃醫生，不知怎麼回事，我現在越來越感到活不下去了。

黃醫生：什麼原因？有何重要事情困擾著你？

郁　飛：（搖頭）既沒有什麼原因，也沒有任何事情困擾。無端地，只是感到疲憊無奈、煩悶痛苦、空虛無聊，覺得無路可走，面臨的是一個無底深淵。我想往下跳，可塵緣難斷，又下不了決心；即使跳下去，我想也只會造成更大更深的空虛……

黃醫生：郁先生，請好好想一想，難道您在工作、生活、愛情、友情、親情等方面沒有遇到什麼挫折與麻煩嗎？

郁　飛：小煩惱自然也是有的，可沒有受到大的挫折與麻煩。這些年，我的人生道路完全可以用「一帆風順」四個字予以概括。我白手起家，建立了自己的公司，有了上千萬元的資產，生意越做越大，越做越順，真可謂春風得意，要風得風，要雨有雨……

△突然，郁飛口袋裏的手機響了起來。

郁　飛：黃醫生，實在對不起！（郁飛接聽手機）喂……是，我是郁飛……什麼事情這樣匆忙火急的？生意，生意，總是生意，除了生意還是生意，我都快變成一台賺錢的機器了！江楓，你還要不要我活命呀？……你是我的助手，可以全權處理……非我拍板不可？……不行，我現在沒有時間，就是天大的事，也得晚上才行……晚上七點半我回公司……好，就這樣吧！

黃醫生：郁先生，完了沒有您？

郁　飛：（不好意思地笑笑）身不由己，實在沒有辦法。

黃醫生：（指指手機）您能不能把它關掉？

郁　飛：好的。

△郁飛關掉手機，放回口袋。

黃醫生：請問，您做的是什麼生意？

郁　飛：除了軍火與皮肉生意外，其餘的，只要能賺錢，我都做。

黃醫生：難道你沒有坑過別人、騙過別人、拐過別人、害過別人嗎？

郁　飛：（想了想，搖頭）沒有，我郁飛沒有做過這樣的事情。

黃醫生：你能說得這麼乾淨嗎？生意就是賭場與戰場，你不坑害拐騙，又怎能賺得到錢呢？

郁　飛：我以人格擔保，我從來沒有做過這樣的事情！我賺來的錢，完全靠自己的本事，還有機遇。比如炒股，我看準行情，低價買進，高價拋出，一次就賺過一百多萬；比如我做鋼材、水泥、煤炭生意，便是利用各種關係打通關節，爭取到國家的計畫價格，然後以市場價格轉手賣給他人，從中賺取差價。我承認賄賂過不少國家幹部、政府官員，鑽過一些政策的空子，但是，我從來沒有幹過坑害拐騙他人的勾當，內心坦蕩得很。

黃醫生：就算你沒有幹過這類勾當，不曾受到良心的責備，那麼，你生活的其他方面，也是這樣一帆風順、盡如人意嗎？

郁　飛：如今這社會，只要有錢，想辦什麼事情，還不是一順百順麼！錢就是身價，就是標籤，就是開路先鋒。沒錢的時候，鬼都不來找你，誰都不把你當人；而一旦有了錢，不知打哪鑽出一些形形色色的傢伙來，整天像蒼蠅嗡嗡嗡地圍著你轉個不休，趕也趕不走。沒有辦法，只得這裏贊助幾萬，那裏支援幾千，把他們打發，才能得到片刻的安寧。

黃醫生：這難道不是你生活中的煩惱嗎？

郁　飛：這不算煩惱，有時反而讓我感到一股自尊與自傲，覺得人活到這個份上，也該心滿意足了。黃醫生，不瞞您說，剛有錢的日子，我過得十分充實，想幹什麼就可以幹什麼，到處尋找刺激，以滿足我內心的慾望……

黃醫生：恐怕不是什麼事情都可以用金錢辦得到的吧？

郁　飛：您能不能說得具體一點？

黃醫生：比如說，愛情用金錢買得到嗎？

郁　飛：買得到，完全買得到！經濟是基礎，它決定一切，當然包括愛情。

黃醫生：金錢得到的愛情，絕對不是真正的愛情，對方愛的是錢，並不是你這個人本身。

郁　飛：您說的是古典愛情，絕對不是現代愛情。現代愛情是開放的，多元的，立體的。黃醫生，我現在腦子很亂，不想跟您作過多的抽象辯論，還是舉一個例子來說明吧。咱們市裡有一位紅得發紫的歌星，我不說名字您也知道她是誰。不幸的是，我不小心愛上了她。可她卻裝得十分冷豔，十分傲慢，一副拒人於千里之外的架勢。我送她鮮花，邀她跳舞，請她吃飯，她無動於衷、不理不睬。可是，當我拎著一個密碼箱單獨找她，談了不到五分鐘，她就被我徹底征服了……怎麼，您不相信這是真的？

黃醫生：往下說吧，我聽著呢。

郁　飛：我將密碼箱打開，露出一箱嶄新的百元大鈔。我拿出幾沓往她面前一放，說：「這是五萬元人民幣，按你在舞廳唱歌每晚一百元的最高收入計算，你要做上一年半，才掙得到這麼多。可是，現在你只要說上一句話，它們就全部歸你所有了。」她兩眼頓時發亮，望望鈔票，又望了望我，沒有開口。我又從密碼箱裏拿出幾沓加在上面說：「這是十萬元。」她的臉色突然變得一陣慘白。於是，我再拿出幾沓往她面前一推說：「十五萬。」她的全身開始顫抖。這時，我將密碼箱裏的所有鈔票全部拿出，堆在她面前說：「總共二十萬，這次我只帶了二十萬。」突然，她的臉蛋變得紅潤起來，不禁說道：「我愛你……愛你……」一邊喃喃說著，一邊脫衣解褲……

黃醫生：好吧，就算這全是真的，可是，我仍堅持我的觀點，你得到的只是她的肉體，並沒有得到她真誠的愛情。

郁　飛：您怎能說她不是真誠的呢？若不真誠，她自己會脫衣解褲嗎，會情意綿綿地主動撲進我懷中嗎，會陶醉得無以復加地說「我愛你愛你真的愛你」之類的話語嗎？

△郁飛說著，激動得站了起來。

黃醫生：（做手勢讓他坐下）郁先生，別激動，坐下，快坐下，還是心平氣和地談吧。

△郁飛慢慢坐下，儘量控制內心的激動。

黃醫生：好吧，就算你的觀點正確。那麼，你得到了想得到的一切，按說應該過得非常充實心寬體胖才是，可怎麼感到空虛無聊，覺得活不下去了呢？

郁　飛：正因為找不出原因，才上您這兒治療來啦。

黃醫生：出現這種症狀多長時間了？

郁　飛：半年吧……唔，不止半年，怕有一年時間了。剛開始，我也沒當回事，以為過一段就會好了。可是，近一年來，我總是處在這種疲憊無奈、尋死覓活的狀態。我感到生命已經枯竭了，半點激情也沒有了，尋找刺激也不行，剛開始還能起點作用，可時間一長，就麻木了，如一眼枯井，激不起半點波瀾。黃醫生，處在我這種狀態，要死不活的，可真不是個滋味呀！上醫院檢查，沒有任何生理方面的毛病，於是，就想肯定是心理、神經方面出了故障，可怎麼調整也不起作用，硬是覺得活不下去了，再耽擱一天就要自殺了。沒有辦法，只得來你們心理諮詢室，向您求救來了。

△這時，郁飛腰裏的另一手機又突然響了起來。

黃醫生：你手機倒不少的啊！

郁　飛：唉，不好意思，工作需要，不得不多備一個。哦，是短信，黃醫生，對不起，我先看看，怕有什麼大事給耽擱啦。（看手機螢幕）又是沈雲菲，「急事，速歸。」她會有什麼急事呢？一天到晚待在家裏閒得無聊，總是裝神弄鬼地支使我做這又做那……

黃醫生：（打斷）郁先生，請入定，還是回到我這裏來吧。

郁　飛：是，我得把它關嚴關好，免得再次干擾我的治病大事。

黃醫生：能不能向我談談你童年及少年時期的生活？

郁　飛：只要能治病，我什麼都願意談。我兒時家境十分貧困，餓了不少肚子。十歲時死了父親，母親含辛茹苦地將我和兩個妹妹拉扯成人。為了讓我上學，兩個妹妹早早地棄學在家務農，後來，我終於考上了一所師範院校，可畢業後只當了一名普通的中學教師，仍然受到社會歧視。後來，我不得不下定決心，辭掉公職，下海經商……黃醫生，我真不明白，過去的生活是那樣艱難困苦，可我卻生龍活虎，過得有滋有味，充滿歡笑愉悅；而今天，我什麼都有了，想幹什麼就可以幹什麼，卻活得半點意義都沒有，這到底是哪根神經出了毛病啊？

黃醫生：（望著愁苦不堪的郁飛，笑了笑）郁先生，這種症狀，並沒有您自己想像的那麼嚴重，它不過是一種輕微的神經分裂症而已。要治癒它並不困難，關鍵是找到病因。這病因已積淀在你內心深處，只要解開這一心理情結，您的病也就治好了。

郁　飛：難道說您已摸到了我的病因？

黃醫生：（自信地）八九不離十吧，在往昔的生活中，您曾受過嚴重的心理傷害，留下了深深的遺憾。所以，當您暴富後，便開始拼命地補償，想彌合過去的傷痕，找回失去的遺憾。可是，當你在做這一切的時候，並沒有找到真正的癥結，結果適得其反。於是，您越彌補，便越感到生活的空虛。郁先生，你現在要做的，就是好好回憶，認真梳理，找出過去生活中的重大失落與深深遺憾，然後儘快找回，盡情彌補。找回得越快，彌合得越好，那麼，你的病就好得越徹底。

郁　飛：嗯，不錯，您分析得有道理，的確就這麼回事兒！（高興地）黃醫生，您是心理疾病專家與權威，我是看了您的相關報導，才下決心前來找您診治的。儘管剛才我們爭執過，辯論過，但您的見解、診斷與結論不由得不令我信服，我一定馬上按您吩咐的去做！

二

△江邊。夜晚。

△郁飛望著波濤翻滾的江水，沉思不已。

郁　飛：（自語）不知不覺地，我怎麼就來到了江邊？難道真的活不下去了，來江邊尋短見？（苦笑）不，就是自殺，我也不會選擇投江這條路的。我老家後面有條大河，我從小就在水中泡大，對水是再熟悉、再親切不過了，江水淹不死我的。可是，過去的日子那麼艱難，我都咬著牙挺過來了，現在成了千萬富翁，應該是越活越有勁，可怎麼硬覺得這日子過得半點滋味也沒有了呢？如今，我為什麼而活著？生活的意義在哪裡？難道就是賺錢與享受嗎？我的生活失去了目標，失去了追求。唉，沒有目的，沒有意義，僅為活著而活著……要是我那苦命的母親健在就好了，就是為了她老人家，我也會好好地過，好好地活！可是……唉，想這些幹什麼？徒增悲傷而已……遺憾、失落，黃醫生告訴我只要找回了失落，彌合了遺憾，就不會再有這無可解脫的苦悶與煩惱、空虛與無聊了。我過去生活中最大的失落與遺憾是什麼？日子過得清貧而艱難，可感到昂揚與充實。當然，如果搜尋的話，在我心靈深處，也曾有過巨大的失落與遺憾……我拋棄了荷花，她是那樣純潔可愛，像一顆沒有雜質的珍珠，這難道不是我生命中最大的失落嗎？要說遺憾，也是有的，沒有將漂亮動人的素素追到手，這也算是我人生中最大的遺憾。我為什麼要下海經商，為什麼走上了今天這條道路，還不就因為素素一句話？她說：「郁飛，我喜歡你，也愛著你，可我是決不會嫁給一個窮教師的。」當時，我簡直氣昏了，恨不得狠狠扇她一個耳光，我幾乎對她怒吼道：「素素，你等著瞧吧，我會用實際行動向你證明我生命的價值！」就這樣一氣之下，我辭去了工作，下海經商，開始了一種全新的人生道路⋯⋯

△一對卿卿我我的戀人走上。

女　子：哎，你看，那人怎麼獨自一人在說話？

男　子：該不會有什麼事情想不開吧？

女　子：咱們管不管？

男　子：（猶豫地）如今這世道，管也不是，不管也不是。（想了想）救人一命，勝造七級浮屠。娟子，咱們還是積點德，做做好事吧。

女　子：我聽你的。

男　子：咱們慢慢地靠過去，相機行事。

△一對戀人躡手躡腳地向郁飛背後靠近。

郁　飛：可是，這過去的失落與遺憾真能找得回來嗎？（搖頭）一晃，都過去了十多年了，恐怕很難找尋得到了。當然，也不妨找找試試看，興許真能感動上帝的。（快慰地）不管怎麼說，我又有事情可做了，除了賺錢以外的其他事情⋯⋯

△郁飛說著，不知不覺地向前邁了一步。

男　子：（急切地）先生，別這樣，你不要想不開⋯⋯

△男子趕緊撲過來，一把抓住郁飛西服後擺。

郁　飛：（嚇了一跳，回頭）你們⋯⋯你們想⋯⋯想幹什麼？

女　子：好死不如賴活著，你別想不開呀先生，活著就是希望就是享受就是幸福就是一切⋯⋯

郁　飛：（恍然大悟，吁了一口長氣）哦，我沒有什麼想不開，只是想在江邊走走，並沒有什麼別的意思，謝謝二位關照。

男　子：沒有問題就好。

女　子：我真擔心呀，可把我給嚇壞了，（撫胸）心裏還直跳直跳的。

郁　飛：如今這社會，難得還有你們這樣的好人，實在是太令我感動了。你們放心地走吧，我不會出事的，謝謝你們的好意。

男　子：你離開了我們再走不遲。

郁　飛：還是對我不放心？那麼，我就先走一步了。（突然想起了什麼似的猛拍腦袋）哎呀，我真得趕快離開了，江楓還在辦公室等著我給那筆生意拍板呢！謝謝二位提醒，要不還差點將這件大事給忘了。

△郁飛欲離開，又想起什麼似的頓住腳步。他從上衣口袋摸出幾張百元大鈔，迅速塞在男子手裏。

郁　飛：謝謝二位好意，這是我的一點心意，請不要推辭，再見！

△郁飛匆匆離去。

男　子：（看著手上鈔票，搖頭）這人的神經，恐怕出了什麼毛病吧？

女　子：（高興地）沒想到咱們在江邊還撈了一筆外快呢，還發什麼呆呀小明，管它毛病不毛病，不要白不要！

三

△郁飛辦公室內，裝修得富麗堂皇。

△沈雲菲坐在郁飛寬大而漂亮的辦公桌前，江楓焦躁地在室內走來走去。

沈雲菲：我有急事找了他一整天，可半點回音都沒有。

江　楓：他說好七點半要來辦公室的，（看錶）現在已經八點半了，連人毛都沒見著一根。

沈雲菲：你再打他的手機試試看。

江　楓：關機，怎麼也打不進去。

沈雲菲：另一個聯通的呢？

江　楓：不知打了多少次，也關了。

沈雲菲：（恨恨地）不知又跟哪個女人在一起鬼混。

江　楓：他跟女人在一起從來不關機的，肯定是別的什麼事情纏住了他，該不會遇上什麼麻煩事回不來了吧？

沈雲菲：他神通廣大得很，會遇到什麼麻煩事？

江　楓：比如車禍、綁架之類什麼的。

沈雲菲：（幸災樂禍地）要是真讓他碰上這些事情那才好呢。

江　楓：嫂子莫亂詛咒呀，有時候挺靈驗的。

沈雲菲：我就是要詛咒他，希望他早點出事，出的事越大越好。

江　楓：郁經理畢竟是你的丈夫啊，他出了事對你又有什麼好處？

沈雲菲：也讓他嚐嚐失敗與痛苦是什麼滋味，他太不把我當人待了。

江　楓：郁經理也有他的苦惱，希望你能理解他。

沈雲菲：我理解他，什麼都能理解，也能夠原諒他的許多過失。我並不是一個非常封建的女人，像他這樣的千萬富翁，尋找一點刺激，有一兩個情人，我認為都是十分正常的。可是，他卻半點不把我當人，只當作他手裏的一個玩物……他從不過問我的生活，也不關心我的疾苦，每月將幾千塊錢往我面前一扔，就再也不管我的死活了。在他眼裏，我不僅不如他的一個情人，就連一個妓女都不如，可不管怎麼說，我是他明媒正娶的妻子呀！想當初，他追我那陣子，可是追得死去活來的呀！

△電話鈴響。

△沈雲菲欲接，江楓趕緊將話筒抓在手中。

江　楓：你好……哎呀呀，郁經理，你跑到哪裡去啦？你的兩部手機全都關了，我打電話到處找，都說你不在，可真把我給急壞了！你說好七點半來辦公室的，現在都快九點了還沒來，我哪能不著急呢？嫂夫人也在辦公室恭候著呢……好的，好的，我等著你最後拍板定奪……

△江楓擱下電話。

沈雲菲：他說什麼時候會來辦公室？

江　楓：快了，要不了十分鐘，就會到了。

沈雲菲：也不知他到底在忙些什麼，江楓，你難道沒有發現他這段時間的情緒有點反常嗎？

江　楓：這……我好像沒有發現什麼反常……也許有那麼一點點吧，可是我……哪像嫂子天天跟他在一起相處，觀察得那麼認真細緻呢？

沈雲菲：要說相處，你跟他在一起的時間肯定比我多，你應該知道得比我更加詳細才算合乎情理。

江　楓：我這助手只管工作，至於其他方面，那是秘書小葉的事情。

沈雲菲：聽說小葉跟你好過一陣子，到底有沒有這回事？

江　楓：都過去的事了，還提它幹嘛！

沈雲菲：郁飛奪走了你的心上人，你難道半點怨恨都沒有？

江　楓：人各有志，要怨，也只能怨葉媚；再說呢，郁經理也是在我跟她分手之後，他們兩人才攪在一起的。

沈雲菲：江楓，你實在是太天真、太幼稚了。其實，在你跟小葉談朋友時，郁飛早就跟她勾搭上了。

江　楓：這些，你是怎麼知道的？

沈雲菲：我……

江　楓：對郁經理，我永遠只有感恩戴德的份兒，要不是他關照提攜，我今天還會待在出生的那個窮山溝溝裏頭摸泥巴坨子呢……

△「砰」地一聲響，郁飛猛然推門而入。

郁　飛：讓你們久等了，實在對不起。這幾天，亂七八糟的事情太多了，忙得我暈頭轉腦，（敲腦袋）這裏頭一天到晚像在煮一鍋稀粥。

沈雲菲：稀粥煮好了嗎？熬好了我倒想喝上那麼一大碗呢。

郁　飛：想吸我的腦髓？好狠的心呀沈雲菲你！

沈雲菲：要是吸了你的腦髓，我上哪兒去弄一筆正等著急用的款子呀！

郁　飛：你除了向我要錢外，就不能有什麼別的事情嗎？

沈雲菲：你除了每月向我甩上一筆錢外，還能給我別的什麼東西呢？

郁　飛：別跟我繞口令了，快點說吧，這回又是哪個親戚找你幫忙，他開口要多少？

沈雲菲：你甭管哪位親戚，這回，只要五萬就夠了。五萬塊，算我沈雲菲借你的還不成嗎？

郁　飛：借？拿就是拿，幹嘛要說借，沒必要弄得冠冕堂皇的。

沈雲菲：這回真是借，保證一年後還你，要不，我跟你寫張借條吧。

郁　飛：你的借條對我能起什麼作用？（掏出一張信用卡遞過去）這張龍卡裏頭好像還有八萬多元的款子，你明天取出來用就是了。

沈雲菲：（接卡）謝謝。

郁　飛：還謝謝呢，別酸不啦嘰的好不好？請記住密碼吧，605729，要不寫在紙上？

沈雲菲：不用，605729，我已經記在心裏了。好吧，就不影響你的業務了，我先走啦。

郁　飛：等等，我還有話要說！這幾天很忙，我就不回家吃飯過夜了，請你不要等我，不要找我，也不要打我手機。

沈雲菲：什麼事情這樣忙啊？

郁　飛：我說了你也不知道的。

沈雲菲：好吧，我就不打聽你的隱私了。

△沈雲菲裝好信用卡，對江楓做了一個再見的手勢，下場。

郁　飛：江楓，這筆生意到底是怎麼一回事？

江　楓：一切順利，貨已經到了廣州，只要咱們敢要，賺上一百萬絕對沒有問題。

郁　飛：他們的人在哪裡？

江　楓：我都安排好了，有小葉在那裏招呼，管他們吃好喝好唱好玩好。

郁　飛：憑你的經驗，還有直覺，你覺得這批貨可靠嗎？

江　楓：沒有發現破綻。

郁　飛：要有什麼紕漏，現在彌補還來得及。

江　楓：關鍵就看你敢不敢幹了。

郁　飛：賬上還有多少錢？

江　楓：二百五十多萬，還差五百多萬，他們非要現款提貨不可。

郁　飛：要現款，只有到銀行去貸了。

江　楓：沒有過硬的關係，銀行根本不貸，何況這麼大一筆款子！

郁　飛：現錢倒不用發愁，我可以拿公司做抵押。關鍵的是，我總覺得這筆生意有點玄，像在走鋼絲，弄不好，有可能徹底破產。

江　楓：咱們既走過鋼絲，也打過擦邊球，只要能賺到大錢，再走次把也算不了什麼。

郁　飛：要是一不小心，或是別人推上一把，從鋼絲上摔下來了呢？

江　楓：這……郁經理，你是一個有福之人，運氣總是那麼地好，應該不會摔下來的。

郁　飛：做，還是不做？我的心裏直打鼓，真有點拿不定主意。可是，醃著的鴨子讓它眼睜睜飛掉，豈不是太可惜了嗎？前怕狼後怕虎，是幹不了什麼大事的……好吧，咱們就再走一次鋼絲，再打它一個擦邊球吧，即使破產，我也豁出去了！

江　楓：是呵，機不可失，失不再來。咱們已經一年多沒做大生意，沒賺大錢了，這次一定要好好地抓住機遇！

郁　飛：不過呢，還有一筆更大的生意等著我去做。這幾天，公司就全靠你一人負責了。

江　楓：請放心，我會盡心盡力的。

△郁飛打開辦公桌抽屜，拿出公司圖章與私人印章交給江楓。

郁　飛：公司的一應事務，就全權委託你了。

江　楓：是！

郁　飛：這幾天，你不要打我任何一部手機，就是天大的事也不要找我，你獨自一人看著辦就是了。我相信你的能力，也相信你的為人，還相信你的運氣！到時候，那筆生意一辦妥，我自然就回來了。

四

△某工人住宅區。

△素素的家，幾件陳舊的傢俱雜亂無章地擺放著。

△郁飛坐在傢俱中間，雙手托腮，茫然地瞪視著虛無的空間。

△憔悴不堪的素素緩緩走上。

素　素：（突然發現有人，不覺大吃一驚）誰？你是誰？怎麼跑我家裏來了？

郁　飛：（站起身）素素──

素　素：你……你是──

郁　飛：怎麼，連我都不認識了？我是郁飛啊！

素　素：郁飛？真的是郁飛？不是不認識，而是不敢認呢，你是咱們市的大紅人，優秀企業家，千萬富翁，人大代表……

郁　飛：別說這些，我早就聽夠了，都是身外之物，戳穿了半文錢也不值。

素　素：今天是哪陣風把你給吹到我這兒來了？

郁　飛：什麼風也沒吹，我想來，就來了。上你家可真不容易呢，我幾乎找了大半天，才七彎八拐地摸到你這兒。敲門沒人應，使勁一推，原來門是虛掩著的，就進來了，找個位置坐下來靜靜地等。素素呀，你也真是，出去辦事怎麼連門也不鎖上啊？

素　素：鎖它幹嘛，家裏窮得叮噹響，小偷也不會摸進來的，我放心得很。

郁　飛：（笑）照你這麼說，我連小偷都不如了。

素　素：（笑）你完全把我的意思理解錯了，要是鎖了門，不就讓你吃閉門羹了嗎？

郁　飛：閉門羹我當然不想吃，但在你家吃頓晚飯我還是十分樂意的。

素　素：哎，這……這……（不知所措地）那麼，你先坐坐，我去買點菜馬上就回。

郁　飛：沒必要專門為我去買菜，家裏有什麼就吃什麼吧，哪怕一碗麵條，也是蠻不錯的。

素　素：是啊，像你這樣的百萬富翁，什麼山珍海味沒吃過呀，今天就在我家吃頓憶苦飯吧。

郁　飛：（再一次環顧室內，又望望素素）近來日子過得很拮据是不是？

素　素：（歎了一口氣）比你想像的要困難得多。

郁　飛：怎麼會呢？

素　素：是啊，我也在想，怎麼就活到今天這步田地了呢？

郁　飛：都是雙職工，拿著一份工資，養個小孩，按說日子再苦也苦不到哪兒去呀！

素　素：按說是一回事，可事實又是另一碼事。郁飛，你不是什麼外人，我也沒必要瞞你。咱們工廠是市裡一家最大的企業，原來效益好得很，可彷彿一夜間，突然就垮了，現在連工資都發不出來了。不幸的是，我跟丈夫同在一個廠，每月只能拿一點最低生活費，加一起還不到五百塊。就這麼一點錢，要交房租、水費、電費，要買菜、買米、買油，還要負擔兩個孩子的學習費用……

郁　飛：怎麼，你有兩個孩子？

素　素：（苦笑）生了一對雙胞胎，兩個都是丫頭。

郁　飛：（羨慕地）一胎生兩個，多好的福氣。

素　素：不是福氣，而是負擔。

郁　飛：要是我有你這樣的負擔就好了。

素　素：想要兩個孩子？看來你思想還蠻封建的呢。

郁　飛：不是要兩個，而是一個也沒有。

素　素：怎麼，你沒有小孩？

郁　飛：暫時還沒有。

素　素：要不我過繼你一個？

郁　飛：我想馬上就會有的。

素　素：是啊，如今這世道，只要有了錢，什麼東西沒有呢？！

郁　飛：不見得吧？

素　素：怎麼不見得？只要有錢，我想買什麼就可以買什麼，那樣的話，我就會脫胎換骨變成一個全新的素素——我要買房子搞裝修，買傢俱買空調，我要穿金戴銀腰桿挺得直直的，我還要買汽車開著到處跑，令人刮目相看，哪像今日這副邋裏邋蹋，人不是人鬼不是鬼的醜模樣？

郁　飛：（笑）有些東西並不一定都是金錢買得到的吧？

素　素：你舉個例子吧，看我怎樣把你駁倒。

郁　飛：沒有必要，我生活中就曾經出現過這樣的例子。

素　素：（突然氣餒）是啊，一個窮光蛋，說了又有什麼益處，還不是照樣窮得叮噹響麼？唉，有些事情，現在回想起來，真有點後悔，有時悔得心裏頭直滴血。

郁　飛：你後悔什麼？

素　素：我即使不說，你也應該知道的，只怪我當初有眼無珠。

郁　飛：當初你要是跟了我，也不一定就比今天好到哪兒去呀。

素　素：起碼我也是一個貴夫人，怎麼也不會像今天這樣生活在貧民窟了。

郁　飛：看來，你把沒能嫁給我，當成了你人生中的一大遺憾？

素　素：可不是嘛！這些年，我一直想去找你，可又怕你看不起我。前幾天，我都在想，能不能把現在的工作辭了上你那兒去打工呢？當然，只是想想而已，我根本沒有找你的勇氣。當初拒絕了你，我想你會恨我一輩子的。

郁　飛：不，我應該感謝你才是，要是沒有你當年的刺激，我是不會走上今天經商這條路的。

素　素：直到今天，你還不肯原諒我，還要挖苦我呢！

郁　飛：不，我說的是真話。

素　素：你今天來找我，就是為了說上這麼一句真話？

郁　飛：是，又不是。心裏想到了你，就找來了。不為別的，只想看看，看你這些年到底生活得怎樣。

素　素：難得你還記掛著我。（試探著走向郁飛）其實，這些年，我也一直想著你……

郁　飛：（臉上掠過一絲冷笑）是嗎？

素　素：是的，我說的都是真話……郁飛，我……

△素素望一眼郁飛，猛然撲進他懷裏。

郁　飛：可是……

素　素：郁飛，如果還來得及的話，我願意彌補從前的一切過失……

郁　飛：（緩慢而堅決地推開素素）可惜的是，歷史已經無法重新改寫了。

素　素：（搖頭）不，我並不想改寫什麼……郁飛，我的意思是……只要你願意，我……

△郁飛毫無表情地望著她。

素　素：（突然大叫）郁飛，難道我說得還不明白嗎？你要把一個女人的自尊剝到什麼程度才算心滿意足？

郁　飛：（冷冷地）我想我應該走了。

素　素：走？你不是說在我家吃晚飯的麼？

郁　飛：來不及了，還有一件急事，我得馬上處理。

△郁飛掏出一個大而鼓的紅包遞給素素。

△素素望他一眼，稍稍猶疑，便默默地接了過來。

郁　飛：這點錢，你拿著吧，算是我的一點心意。今後有什麼困難，儘管找我好啦，畢竟，咱們有過那麼一段珍貴的情緣。

△郁飛匆匆下。

△素素呆呆地望著他遠去的背影。

五

△郁飛站在舞臺中央的一束光柱中。

郁　飛：（自語）我心中的遺憾彌合了嗎？（搖頭）不僅沒有彌合，反面增大了！沒有見到素素之前，我的心中，還抱有一種美好的幻想。人有時很怪，凡是想得到而沒有得到的，都會認為那是世界上最為美好的事物。儘管素素那樣刺激過我，但因為沒有將她追求到手，於是，就把她當成了心中的一尊美神，對她懷有一種美好的情感。今日一見，沒想到她變得這麼庸俗，這麼醜陋，太讓我失望了，讓我感到惋惜。其實，在去找她之前，我就應該想像得到她會變成今天這副樣子的。歲月對女人最為殘酷了，三十多歲的女人，還能美到哪裡去呢？要說庸俗，她以前不就這麼勢利庸俗麼？也不是突然就變成今天這副樣子的。唉，早知如此，我真不該去找她的……不過，見見也好，見上這一面，生活會變得更加真實，我再也不會牽腸掛肚地想著她了。是的，生活是冷酷的，現實是無情的，而我卻在尋找溫情與美麗。可是，既然已經上路，也就無法回頭了。（抬腕看錶）六點五十，還來得及，最後一班火車是七點四十。我要離開這座城市，回到那偏遠的故鄉，尋找往日的失落。（邁步又止）可是，那失落的，還找得回來嗎？……

不管怎樣，只要用心去尋找，總會有所收穫的，總比無動於衷強似百倍……不然的話，心中半點希望也沒有，那可就真的一時半刻也活不下去了……

△郁飛邁著緩慢沉重的步子走下。

六

△郁飛家，佈置十分奢華，但頗具藝術情調。

△沈雲菲焦躁不安地在客廳內走來走去，並不時地看看牆上的掛鐘。

△清脆的敲門聲響起。

△沈雲菲故作鎮靜地坐在沙發上。

沈雲菲：（大聲）請進。

△江楓推開虛掩的門上。

江　楓：嫂夫人，到底什麼重大的事情，在電話裏硬是不肯說，非得我親自跑一趟不可嗎？

沈雲菲：（冷冷地）親自？你真的以為自己是什麼大貴人嗎？

江　楓：（趕緊陪笑）哪裡哪裡，我在郁經理手下辦事，今後還望嫂夫人多多包涵才是。

沈雲菲：你真把我當成嫂夫人了嗎？

江　楓：難道這還有假不成？

沈雲菲：恐怕不見得吧？

江　楓：真的，當然是真的。

沈雲菲：既然是真的，你說好九點半到，（指指牆上掛鐘）現在都什麼時候了！

江　楓：嫂子，實在對不起，郁經理這一走，公司大事小事，全都落在我頭上，從早到晚忙得屁顛屁顛的，實在走不開呀！

沈雲菲：現在忙完了嗎？

江　楓：這……怎麼說呢？要說把事情忙完，那是不可能的。但是，嫂子找我，公司就是有天大的事情，我也得擱下才是呀！

沈雲菲：（笑）這句話倒還差不多。

江　楓：嫂子，到底什麼大事這麼著急呀？

沈雲菲：隔牆有耳，把門關嚴再說。

△沈雲菲關門，然後為江楓倒茶。

沈雲菲：（遞茶）江楓，難得你這麼看重我，喝杯茶吧。

江　楓：（接茶）謝謝。

沈雲菲：（指指沙發）請坐，抽煙嗎？

江　楓：（坐上沙發）抽，但在女士面前，我一般能夠克制自己。

沈雲菲：抽吧，在我面前沒有必要苛刻自己，你盡可以輕鬆、自由、隨便一些。

△沈雲菲找出一包「大熊貓」香煙遞給江楓。

江　楓：那我就不客氣了。

△江楓抽煙。

沈雲菲：給我一支吧。

江　楓：你也抽？

沈雲菲：是的，煙解悶，酒澆愁，都是蠻不錯的。

江　楓：你還喝酒？

沈雲菲：（點燃香煙，抽了一口，苦笑）這有什麼值得大驚小怪的？

江　楓：可真看不出來呢。

沈雲菲：世上看不出來的事情可多著呢，一切表像都是虛偽的，只有揭開那層偽裝，才看得到裏面真實的內容。

江　楓：沒想到嫂子的話這麼深刻富有哲理，可真讓我刮目相看了。

沈雲菲：你有勇氣撕開偽裝，面對真實嗎？

江　楓：這……這個……咱們別討論這麼深奧的哲理好不好？還是談談正事吧，你這麼晚了找我，到底是件什麼大事啊？

沈雲菲：也沒什麼大事，就想找你聊聊。

江　楓：（驚異地）僅僅聊聊？

沈雲菲：難道這不是大事？

江　楓：這……

沈雲菲：這在我生活中比什麼事情都更加重要，更加偉大。

江　楓：（苦笑）可我……

沈雲菲：（打斷）可你怎麼啦？上次，咱們正談到關鍵時候，竟讓郁飛給沖斷了，難道你不想接續再來嗎？

江　楓：（突然有了興致）想，當然想！

沈雲菲：那天我說到哪裡了？

江　楓：說到葉媚在跟我談朋友時，她和郁經理早就勾搭上了。這些，你怎麼知道的？

沈雲菲：關於郁飛的一切，該知道的我都知道。他什麼都不跟我說，在我面前裝得道貌岸然一副正人君子模樣，我也裝出什麼都不知道的樣子。他騙我，我也就騙騙他嘛。其實，他所做的一切事情都在我的掌控之中，沒有任何人比我知道得更為清楚。

江　楓：你怎麼知道的？

沈雲菲：他每月不是給我一筆錢花銷嗎？我只要從中抽出一點，雇個把人跟在他屁股後頭盯梢，不就什麼事情都弄得一清二楚了麼？

江　楓：你……怎能這樣做呢？

沈雲菲：請問，我應該怎樣做呢？這就叫即以其人之道，還治其人之身。他不給我真情，不把我當人待，我總得尋點生活的樂趣是不是？不僅如此，我還得好好考慮考慮今後的日子該怎麼過才是呢。

江　楓：嫂子，你不應該跟我談這些的。

沈雲菲：為什麼？

江　楓：你應該知道，我對郁經理沒有半點二心，哪怕挖走我的女朋友，變成他的情人，我也不會背叛他的。

沈雲菲：也就是說，你算不上一個真正的男人，只不過是一隻忠誠而馴良的哈巴狗而已。

江　楓：不管你怎樣嘲諷、詆譭、鄙視我，也不會改變自己的觀點。

沈雲菲：真的嗎？

江　楓：真的！（站起身）嫂子，對不起，我想我應該走了。

沈雲菲：（嫵媚地笑）江楓，都快十二點了，你真的還想走嗎？

江　楓：（望著沈雲菲）你……你……什麼意思？

沈雲菲：難道我真的一點魅力都沒有嗎？

江　楓：不，不，嫂子，你不要誘惑我，我……我……不能這樣做，不能這樣做！

△江楓轉身撲向門邊，使勁旋動門鎖。

沈雲菲：你就別浪費力氣了吧！剛才，我已經用鑰匙把門反鎖上了。你想出去，鑰匙在我身上呢！

江　楓：（轉身）嫂子，你怎能這樣呢？我不能做不仁不義的事情呀！

沈雲菲：先是他不仁，搶走了你的女朋友，然後才是你不義……

△沈雲菲一步一步走向江楓。

江　楓：（拼命地抵禦著）別，別，你別過來！

沈雲菲：你不是想出去嗎？鑰匙在我身上呢！

江　楓：（氣喘吁吁地後退著）我不要鑰匙。

沈雲菲：那麼，你想留下陪我是不是？

江　楓：（繼續倉皇後退，脊背碰著牆壁）我……咳，我真是無路可走了……

△沈雲菲仍一步步地逼近。

△江楓瞪大眼睛驚恐地望著，望著，突然迎著撲了上去，將沈雲菲緊緊抱在懷裏。

江　楓：（激動地）嫂子，其實，我心裏也蠻想你的。

沈雲菲：不，你在說假話！我知道，你在心底更瞧不起我了。可是，我一個弱女子……唉，說這些幹什麼呢？怪只怪我投胎變成了一個女人。老天呵，你太不公平了，為什麼要讓我在這個世界上做一個女人啊！

江　楓：（使勁地搖動沈雲菲身子）嫂子，我說的是真話！我真的喜歡你，也愛你！但是，我只能把真情實感埋在內心深處，因為你是我的嫂子，我不敢有任何非份之想，我不是不想，而是不敢啊！

沈雲菲：（淒涼地）你說的是真話？該不是又在騙我吧？

江　楓：若有半句假話，我……我賭咒發誓！

沈雲菲：別賭咒，賭咒不吉利，我相信你說的都是真話。那麼，你還叫我嫂子嗎？

江　楓：（溫柔地）菲菲——

七

△古老而偏僻的鄉村。

△荷花家。一棟三間紅磚紫瓦房，房前屋後環繞著青松翠竹。

△荷花丈夫馬龍在屋前稻場曬穀。

△郁飛身背旅行包上。

郁　飛：請問，這是荷花家嗎？

△馬龍聽見聲音，趕緊轉過身來。

馬　龍：是的，這就是荷花家。

郁　飛：你是——

馬　龍：我是荷花男人……（突然認出，高興地）哎呀呀，你看你看，一眼還沒認出來呢，你不是郁飛嗎？

郁　飛：是的，我是郁飛，你叫——

馬　龍：我叫馬龍，馬龍呵，難道忘了嗎？

郁　飛：你是馬龍？不錯，你就是馬龍！怎能忘得了呢，咱們小時候還在一塊放過牛呢。

馬　龍：可不是嘛。

郁　飛：一晃，都一二十年沒見面了。變了，你變了，變得我差點認不出來了。

馬　龍：你也變了，俺是越變越土、越變越老，你是越變越洋氣、越活越年輕了。

郁　飛：（笑）都變老了，這是不可抗拒的自然規律麼。

馬　龍：你出去這麼多年，也不回來看看。還過這多年，咱們骨頭恐怕都打得鼓響了呢。

郁　飛：一直想回來看看鄉親們，可又太忙，硬是抽不出空閒來。

馬　龍：這次回來，該多玩幾天吧？

郁　飛：儘量多住些日子。

馬　龍：那太好了！

郁　飛：這些年，過得還好吧你們……

馬　龍：好，好，托黨的福，沾政策的光，有飯吃，有衣穿，房子也做了，兩個兒子也上學讀書了，一切都好，俺心滿意足呢。

郁　飛：是的，能過上這樣的日子，也算不錯的了。

馬　龍：要說不錯的話，俺還真得感謝你才是呢。

郁　飛：（不解地）感謝我？這話從哪裡說起？

馬　龍：（不好意思地笑）要不是你當年考上大學走了，荷花能有俺的份嗎？能娶荷花做媳婦，可是俺幾百年前修下的福份呢。

郁　飛：（惘然若失）荷花……是的，荷花呢，怎麼沒見到荷花的人呢？

馬　龍：她上菜園摘菜去了，俺這就叫她回來。（雙手合攏捲成喇叭狀，大聲地）荷花——荷花——家裏來稀客嗟，快回來呦——

△內應聲：「哎，回來了——」

郁　飛：（自言自語地）回來了，回來了……

馬　龍：是的，要不了兩分鐘，她就回來了。哎，你看我這人，腦子就是缺根弦，讓你在外面一直站到現在，待會兒荷花看見了會責怪的，快，快進屋去坐吧。

郁　飛：不急，等荷花回來了，再進去也不遲。

△荷花挽菜籃上。

郁　飛：（隔老遠，便高興地叫了起來）荷花，荷花——

荷　花：我當誰呢，原來是郁飛呀，真是稀客呢！這幾天，喜鵲老在屋前的大樹上叫呀叫的，我就想肯定要來貴客了，沒想到會是你。

郁　飛：怎麼，不歡迎嗎？

荷　花：說哪裡話，早知道你要來，我就到鎮上車站去接了。

郁　飛：（感動地）難得有你這麼一片誠心。

荷　花：快，進屋坐吧。老馬，你也幫忙做點事，到灶屋燒點開水來。

馬　龍：好哩。

△馬龍下場。

△郁飛隨荷花進到屋內。

荷　花：郁飛，你還是原來那幅老樣子，沒什麼變化呢。也難怪，在城裏頭，一天到晚待在辦公室，不曬日頭，不經風雨，保養得好，當然越活越年輕了，哪像俺，都像一條老絲瓜了。

郁　飛：（緊盯荷花）這些年，你確實變老了不少，要在別處，說句實話，我真不敢認你了。

荷　花：女人麼，都是這樣不經老呢。女人把婚一結，小孩一生，就沒麼談頭了。

郁　飛：不見得吧，我看你倒是活得有滋有味的呢。

荷　花：（大笑）我麼，一直都是這副老樣子，生就的性格，窮作樂呢。

郁　飛：你家並不窮呵！

荷　花：比過去當然強多了，俺家在村裏，好歹也算個中上等，但跟你比起來，還不是窮光蛋麼。聽人說，你現在都成千萬富翁了是不是？

郁　飛：錢是有幾個，可又有什麼用處呢？

荷　花：可不是嘛，窮有窮的苦楚，富有富的煩惱，世上哪能十全十美呀！

郁　飛：就是就是！

△馬龍端茶上。

郁　飛：（接茶）謝謝。

馬　龍：還有什麼要我做的嗎？娘子儘管吩咐。

荷　花：（笑）老都老了，還是這麼不正經，讓郁飛看笑話了。

郁　飛：哪裡哪裡，我覺得你們生活得很幸福呢。

荷　花：哪裡談得上幸福，農家過日子，不都是這個樣子麼。家裏也沒什麼好菜，馬龍，你還是到鎮上跑一趟，去割兩斤肉，買兩條魚回來吧。

郁　飛：別買肉魚，吃點自家菜園種的蔬菜最好了。

荷　花：平時哪個買魚買肉，來客了才跟著沾光呢。

馬　龍：那麼，我到鎮上去了。

郁　飛：還是別買了，我不喜歡魚呀肉呀之類的東西。

荷　花：你不吃，我們也要吃麼。

郁　飛：這……

荷　花：（對馬龍）快去快回。

馬　龍：那自然是，田裏還有活等我去做呢。

△馬龍下。

郁　飛：我真羨慕你們，日子過得這麼充實。

荷　花：一天到晚都有做不完的事，瞎忙活呢。

郁　飛：這就叫充實，你們總想著把日子過得好一點是不是？

荷　花：那當然，誰不想日子越過越好呢？

郁　飛：生活有追求，日子有盼頭，生命也就有了意義。

荷　花：俺是大老粗，別文縐縐的。

郁　飛：荷花，你能不能跟我說說心裏話？

荷　花：看你把俺當什麼人了，不跟你說心裏話，還能跟什麼樣的人說心裏話呢？

郁　飛：我就怕你把我當成外人。

荷　花：沒有，沒有！不管你變成什麼模樣，總歸是咱們村走出去的人才，你在外頭幹得越紅火，鄉親們就越把你看成是咱們村的驕傲呢！

郁　飛：難得鄉親們對我還有這麼一番情誼。荷花，跟你說句實話，這些年，我在城裏的日子過得可不安生呢。

荷　花：這我想像得到，城裏人多，幹什麼都你爭我搶的，要成點事，可不容易呢。

郁　飛：我不是這個意思。

荷　花：你是什麼意思？

郁　飛：我是說，心裏總覺得虧欠了你什麼似的。想當年，我真不該拍屁股走人，留下你不管不問。這些年，我總覺得失去了人生中最珍貴、最美好的東西。

荷　花：你現在都還後悔是不是？

郁　飛：就是呀！

荷　花：幸喜當初你忘了我，要不，我的生活哪有今天這麼滋潤喲！

郁　飛：（不認識似的望著荷花）你……

荷　花：王大媽你還記得不？去年，她兒子接她上城裏過日子，住了半個月，硬是過不慣，一心想著回來。兒子不讓回，後來，她還是偷偷摸摸跑回村來的。你想想，我不是跟王大媽一樣的人嗎？郁飛，我過不慣城裏生活，真的，一看那麼多的車呀人的，我就頭昏腦脹，就像患了瘧疾似的全身發抖……

郁　飛：也就是說，這些年，你一點也不想我？

荷　花：想，當然想呀。可想是一回事，過日子又是另一碼事呢。想上城裏你家去看看，這倒是想過的，可從來沒有想過要在城裏過一輩子。俺生成的賤命，享不了城裏那份福氣。

郁　飛：（自言自語）看來是我自作多情了。

荷　花：你說什麼？

郁　飛：沒說什麼。

荷　花：你剛才明明在說什麼呢，只是我沒有聽清楚。

郁　飛：我想說，你們的日子過得充實幸福，為什麼我的生活就過得空虛痛苦呢？這到底是怎麼回事呀？

荷　花：（關切地）郁飛，你是不是病了，哪裡不舒服？

郁　飛：是的，我是病了。

荷　花：那就在家鄉好好休養一段時間吧。

郁　飛：（點頭）是的，我是得好好休養休養、調整調整自己了。

八

△某醫院心理諮詢室。

△黃醫生坐在辦公桌前，郁飛站在一側，一邊做手勢，一邊不停地敘說著。

黃醫生：郁先生，別著急，還是坐下來，讓我為您做一次認真的分析診斷吧。

△郁飛望一眼黃醫生，點了點頭，慢慢地坐在旁邊的一把椅子上。

郁　飛：黃醫生，我剛才已經跟您說過，我去了，按您的囑咐找了兩個人，她們在我過去的生活中起過至關重要的作用，其中一個是我生命中最大的遺憾，另一個是我人生中最大的失落。這兩人我都找到了，可是，我不僅沒有找回失落彌補遺憾，反而給我帶來了更大的遺憾和失落。

黃醫生：不，我並不這樣認為。

郁　飛：願聞高見。

黃醫生：你之所以對素素感到遺憾，是因為你沒有得到她。這種得到可以表現為兩種形式，一是肉體的佔有，二是與她結為夫妻組建家庭。郁先生，我說的這兩點，你是否承認？

郁　飛：（點頭）不錯。

黃醫生：可是，當素素突然撲進你懷中的時候，不僅沒有激發你心中慾望，反而使你感到厭惡，你想過這是什麼原因嗎？

郁　飛：可能是她變得太庸俗的緣故吧。

黃醫生：不僅庸俗，她外表也變老變醜，完全失去了往日那漂亮嫵媚的青春魅力。

郁　飛：（想了想）是這麼回事。

黃醫生：在你可以得到她肉體的時候，你卻主動地放棄了這一機會，也就是說，你過去的一部分遺憾已經被眼前的現實所彌合了。

郁　飛：（思索）言之有理。

黃醫生：那麼，我再問問你，今天，你對沒能與素素結為夫妻組成家庭這一點是感到遺憾呢，還是感到慶倖？

郁　飛：沒有什麼值得慶幸的，但至少也不會感到遺憾了。

黃醫生：這不就對了嘛，你通過尋找素素，不是消除了心中的遺憾情結嗎？

郁　飛：經您這麼一分析，我過去的遺憾是沒有了，可又產生了新的遺憾。

黃醫生：新的遺憾？

郁　飛：我為素素失去往日那許多美好的東西而感到遺憾。

黃醫生：嚴格地說，這不是遺憾，而是一種快樂。

郁　飛：（驚異地）快樂？怎麼會是快樂呢？

黃醫生：冷酷的現實為你報復了素素，你得到了滿足，感到了快樂，只不過眼下不想承認這一點罷了，因為這樣幸災樂禍是不道德的，所以，你得儘量壓抑內心的真情實感。

郁　飛：哦，難道真像您分析的這樣嗎？好吧，就算是吧，那麼，尋找荷花又當怎樣解釋呢？儘管她粗俗，但仍葆有過去的質樸、純真與樂觀，給我留下了深刻難忘的印象。

黃醫生：直到今天，你還認為荷花是一顆珍珠？

郁　飛：（笑）珍珠談不上，但內心深處，仍對她抱有好感。

黃醫生：您能否假設一下，要是跟荷花結了婚，你今天的生活會是一番什麼情景？是否像你想像的那麼美滿，那麼幸福？

郁　飛：但至少要比跟今天的妻子在一塊生活幸福得多。

黃醫生：你是否認為與荷花的結合，就是生命中唯一的最佳選擇？

郁　飛：（笑）肯定不是。

黃醫生：你能保證你們倆的結合，要比她跟現在的丈夫生活在一起更幸福嗎？

郁　飛：不，她跟馬龍在一起，肯定要比跟我在一起幸福一些。

黃醫生：那麼，你還有什麼失落呢？

郁　飛：照您這麼說來，我既沒了遺憾，也不存在什麼失落了，應該找回的，都已經找回了是不是？

黃醫生：要想完全回到十多年前的過去，那是絕對不可能的，相對來說，你已經彌合了過去的遺憾，找回了過去的失落。

郁　飛：既然都已找回，按說我應該感到充實，覺得生活充滿了陽光，心中充滿了昂揚與激情才是，可為什麼還是感到疲憊無奈、煩悶厭倦、空虛無聊呢？

黃醫生：關鍵在於你找回的東西還沒有影響、改變你現在的生活。

郁　飛：我該怎樣改變現在的生活呢？

黃醫生：換一種活法！如果你還像過去那樣生活，不呼吸新鮮的空氣，不曬曬明媚的陽光，會全身長黴變得腐朽不堪的。

郁　飛：換一種怎樣的活法，您能不能說得具體一點？

黃醫生：每一個活著的人，都會盡一切可能地活下去，並且想方設法地使自己活得更好一些。這就是說，社會上的每一個人，都有一套自己的活法。上帝給了你生命，總會給你謀生的本事，即使討米要飯，不也是一種活法麼？這就是所謂的魚有魚路，蝦有蝦路吧。大家活在世上，人人都想過美好的生活，可是，怎樣的生活才算是美好的生活呢？每人的認識不一，選擇的生活方式各各不同。也就是說，人人都想選擇、都在選擇一種適合自己的最好活法。選擇正確的，生活就幸福；選擇失誤的，生活就痛苦。郁先生，事實已經證明，你現在的生活方式並不適合於你，應該換一種新的活法才是。至於換一種怎樣的新生活，我不可能為你分析得那麼具體，關鍵在你本人去尋找。說到底，人生就是一種尋找，始終在尋找，永遠在尋找，在尋找的過程中，一步一步地邁向生命的圓滿。（緊緊地瞪視著郁飛）郁先生，我說的這些，你都聽懂了嗎？

郁　飛：懂，您說的我都能聽懂。

黃醫生：那麼，就看你怎樣面對人生，怎樣尋找，怎樣行動了。

郁　飛：我會給您一個滿意的答覆的。

黃醫生：我希望下次見面，能夠看到你的新生！

郁　飛：謝謝！

△兩人同時站立，緊緊地握手。

九

△郁飛家臥室。凌晨。

△江楓與沈雲菲相互偎依著躺在床上。

△客廳響起了「當當當」的鐘鳴聲。

△江楓驚醒，抬腕看錶。

江　楓：都六點了，時間過得好快，一個夜晚又這樣不知不覺地過去了。

沈雲菲：（迷糊地）還早著呢，睡吧。

江　楓：睡不著，我想我得走了。

沈雲菲：就走？慌什麼呀你，再睡一個回籠覺吧。

江　楓：睡在這裏，我心裏總是不踏實。

沈雲菲：怕別人說三道四是不是？

江　楓：別人倒不怕，我就怕郁經理。

沈雲菲：擔心他吃了你不成？

江　楓：要是他知道了，說不定會真的吃了我的。

沈雲菲：沒有膽子，就莫做這樣的事呀。男子漢大丈夫，敢做敢當！

江　楓：這樣的話，說說容易，真的做起來，可就難了。唉，近段時間，我總是提心吊膽地過日子，心裏真不是個滋味。公司的事他撒手不管，出去快半個月了，按說早就應該回來了，是不是在外面遇到什麼麻煩，出了什麼事情？

沈雲菲：要是他回不來就好了，那麼，咱們就……

江　楓：（阻止）別，別說這樣的話！

沈雲菲：我就是要說這樣的話！江楓，我跟你掏掏知心話吧，當初勾引你，固然也有喜歡你的因素，但主要是想報復郁飛。可是，沒想到跟你相處這些天，我倒真的愛上了你，愛得牽腸掛肚的，恨不得一天到晚把你含在嘴裏。真的沒說半句假話，我還從來沒有這樣愛過一個男人呢！

江　楓：我也是，咱們同病相憐。

沈雲菲：不，這叫同仇敵愾。

△兩人相視而笑。

江　楓：菲菲，你太可愛了！我真不明白，像你這樣的好女人，郁經理怎麼不當一回事呢？

沈雲菲：哼，他不把我當回事，我更不把他當回事呢。人與人之間，要相互尊重相互信任才是。他不把我當人待，我就把他當鬼待。你知道咱們結婚這麼多年，為什麼還沒有小孩的原因嗎？我不想跟他生呢！我一直在吃避孕藥，當然是偷偷地吃，不能讓他知道。他還以為我有什麼生理缺陷呢，上醫院檢查，自然半點問題也沒有，可就是沒有生育。我不能做他的生育機器，我要做一個人，一個真正的人，一個大寫的人。他還欺騙我，在外面亂搞女人，那麼，我也要騙騙他，在家裏搞一個男人，給他戴綠帽子，讓他做烏龜、當王八，這就叫一報還一報。我跟他，現在是一比一，僅僅打了個平手，得再給他更厲害的顏色瞧瞧才是。

江　楓：你還想報復他？

沈雲菲：不錯……

江　楓：你想怎樣報復？

沈雲菲：這就看你對我的態度了。楓，跟我說句心裏話，你是不是真心真意地愛著我？不要對我說假話，也不要欺騙自己，愛就愛，不愛就不愛，只要說出真話，即使並非真心愛我，我也會癡情不改，感激你一輩子的。

江　楓：我心裏非常清楚你問我這話的真正含義，菲菲，我要說的是，我愛你是真的，不想跟你結婚也是真的。

沈雲菲：為什麼？

江　楓：我父母是不會接受你的！因為你曾經是郁飛的妻子，而郁飛則是我的恩人。跟你相處這多天，我已經違背了自己的道德良心，再也不能做違逆父母的事情了。

沈雲菲：也就是說，我只能做郁飛的玩偶，做你的情人，在相互撕扯、自我分裂的痛苦中打發時光？

江　楓：菲菲，我真的想跟你結為夫妻，但是……我不能呵，請你一定理解我的苦衷！

沈雲菲：你到底為誰而活在世上？為自己，還是為你的父母？

江　楓：既為自己，也為父母，如果沒有父母，哪來我江楓呢？

△沈雲菲深情地望著江楓，默默無語。

△江楓溫柔地撫摸沈雲菲臉頰。

江　楓：也許，我的話傷了你的心，但是，我不想欺騙自己，更不想欺騙你呀。

沈雲菲：我也不能勉強你。

△沈雲菲回應著撫摸江楓。

沈雲菲：其實，只要真心愛過就夠了，這一輩子，也算沒有白活。

江　楓：可不是嘛，大街小巷不正流行兩句時髦的廣告詞麼。

沈雲菲：什麼廣告詞？

江　楓：不在乎天長地久，只在乎曾經擁有。

沈雲菲：（反復念叨）不在乎天長地久，只在乎曾經擁有……

△江楓與沈雲菲深情地喁喁不已。

△郁飛從舞臺另一側上場。

郁　飛：（自語）是的，我早就該換換活法，過一種嶄新的生活了。要是再像從前那樣，我可真是一分鐘也活不下去了。哦，想起來了，不是有首《不能這樣活》的歌曲嗎？

△《不能這樣活》作為背景音樂響起。

郁　飛：那裏面唱得多好啊：「閉上眼睛就睡，張開嘴巴就喝，迷迷登登上山，稀裏糊塗過河。再也不能這樣活，再也不能那樣過，生活就得前思後想，想好了你再做；生活就像爬大山，生活就像趟大河，一步一個深深的腳窩，一個腳窩一支歌……」

△郁飛自語著緩緩前行，不時停下腳步欣賞周圍景致。

郁　飛：早晨的空氣多清新，聽，還有鳥叫呢，聲音多清脆，多婉轉呀；看，太陽出來了，鮮紅欲滴的太陽……我以前只想著賺錢，從來沒有像今天這樣欣賞早晨的美景，咳，十多年來，我該錯過了多少生活的快樂與情趣呀！

△郁飛走到自家門前，欲敲門，想了想，不禁垂下舉起的右手。

郁　飛：我不能驚醒雲菲，讓她多睡一會吧。過去，我對她太疏遠、太冷淡了，其實，兩人習慣不同、性格互異、情趣有別，是可以互補的。

△郁飛掏鑰匙。

△郁飛打開大門，聽到臥室發出一陣異樣的響聲，馬上撲了進去。

△江楓全身發抖，滿臉驚恐地穿衣著褲。

△沈雲菲兩眼緊盯郁飛，擁緊被子躺在床上，儘量克制內心的恐懼與慌亂。

△郁飛呆若木雞地望著眼前這一幕。

郁　飛：（喃喃地）沒想到，真沒想到……

沈雲菲：像你這樣聰明的人，早就應該想得到的。

江　楓：郁經理，我……我……

△江楓想解釋什麼，卻又無從開口。

沈雲菲：（冷冷地）該看見的你都看見了，事實就是如此，你想怎樣處置，請聽尊便！

郁　飛：一個是我的妻子，一個是我的助手，按說都是我最親近的人……

沈雲菲：可是，你對這兩個最親近的人，有過掏心掏肺的親近表示嗎？

郁　飛：（不理沈雲菲）難道這就是所謂的眾叛親離？沒想到我郁飛今日落了個眾叛親離的下場！昨天從黃醫生那裏出來，要不是碰上一位老同學心裏高興，喝多了點住了一夜賓館，我怎能見得到這麼精彩動人的場面？要不是親眼看見這活生生的一幕，就是打死我，也不會相信的……

江　楓：郁經理，我……我……

郁　飛：（猛然一聲怒吼）我什麼你，非得讓我把你掐死在這裏才好過嗎？沒有廉恥的東西，還不快給我滾！

△江楓摟著並未穿好的衣褲，狼狽跑下。

郁　飛：沈雲菲，你做的好事呀！

沈雲菲：好事壞事，你心裏有數。

郁　飛：做了這樣見不得人的事情，還挺厲害的呢，你就不怕我一刀把你宰了！

沈雲菲：事已至此，要殺要剮都由你。

郁　飛：一個女流之輩，難得如此鎮靜，倒是一塊幹大事的料呵！殺了剮了，不是太可惜了嗎？

沈雲菲：哼，我就是想讓你抓住，好使你早一點認清自己的真面目。

郁　飛：讓我認識自己的真面目？

沈雲菲：你在外面花天酒地玩女人，當我都不知道嗎？不瞞你說，有些事，我比你本人知道得更加清楚！

郁　飛：所以你就勾引江楓，想出這麼個毒計來報復我。

沈雲菲：一點不錯！

郁　飛：沒想到你還是一個敢做敢當的女人呢，（冷笑）沈雲菲，我看你硬是活得有點不耐煩了吧？！

沈雲菲：是的，活得半點意思也沒有！

郁　飛：（一驚）什麼，你也活得沒有半點意思？

沈雲菲：孤獨苦悶、寂寞憂愁、空虛無聊……（大叫）郁飛，你就殺了我吧！你只有殺了我，我才得到真正的解脫！

郁　飛：（發出一陣怪異的大笑）咯咯咯……呵呵呵……哈哈哈……原來如此，原來如此呵，咱們倆患了同樣的毛病呀，那就該同病相憐……同病相憐才對呢，哈哈哈哈……

△望著失態的郁飛，沈雲菲害怕得不知所措。

郁　飛：雲菲，原來如此呀，原來你也活不下去了呀！好，我也要讓你過一種嶄新的生活！告訴你吧，我要對你寬宏大量，成全你跟江楓的好事，哈哈哈……

十

△郁飛辦公室內。

△郁飛坐在辦公桌前緊張地忙碌著。

△電話鈴聲響起。

郁　飛：喂，是，我是郁飛……

△敲門聲響起。

郁　飛：有什麼建議，你儘管說吧……（捂住話筒，對門外）請進！……沒有什麼，有人敲門，我讓他進來，不礙事，你說吧……

△江楓怯怯地走進。

郁　飛：（望一眼江楓，指指沙發）坐吧你。

△江楓點點頭，移動腳步走近沙發，小心翼翼地坐了上去。

郁　飛：（繼續接電話）嗯，好的，你這主意不錯……行，就按你說的去辦吧，沒有問題，我絕對放心……好吧，那就這樣了。

△郁飛擱下電話。

△江楓馬上站起身，走近郁飛身邊。

郁　飛：這幾天我到處找你，你跑哪兒躲起來啦？

江　楓：我……我……

郁　飛：就是天大的事情，你也應該跟我把業務交待清楚呀！

江　楓：郁經理，我……實在是對不起你……本來，我想不辭而別的，可是，這些年，你把我從老家弄出來，對我實在是太好了，我不能沒個交待，一走了之。

郁　飛：你就是想走，也走不了的！

△江楓不解地望著他。

郁　飛：江楓，你跟我玩花樣，還太嫩了一點。實話告訴你吧，所有車站、碼頭我都布下眼線，只要你一露面，就會有人告訴我的。你想想，好幾百萬的業務沒有了結，就這樣讓你一走了之嗎？當然，你要走，我也不會留你，到時候，我自有安排。

江　楓：（全身發抖）是，是，郁經理……不，不，郁大哥，小弟一時糊塗，做了對不起你的事情，還望大哥高抬貴手，饒恕小弟無知……

郁　飛：（故作輕鬆地）我早就饒恕你了，你跟沈雲菲，只要有情有義，我會成全你們的。好了，現在不說這件煩心的事了，還是先談談業務吧。（指桌上合同、文檔等）這些，剛才我都看過，並且研究了一番，發現你跟廣州方面的這筆業務有幾處明顯漏洞。但經辦人是你，一些具體細節我又弄不太清楚，問公司其他人，他們沒有插手，自然是一問三不知。可你又不露面，我想彌補也不成，只有瞪著眼睛乾著急。既然你自己跑來了，就把這幾個問題跟我解釋一下吧。

△郁飛翻尋桌上的一大疊合同資料。

△江楓佝腰緊盯郁飛翻動的紙頁。

江　楓：（指著一份合同）找到了，就這份。

郁　飛：不錯，你看這裏……

△辦公桌上電話鈴響。

郁　飛：（接電話）喂，哪位？哦，小葉呀，你在哪裡？韶關？一切都還順利吧？……啊！什麼，你說什麼，全部查封沒收？！為什麼，這是為什麼？我們並沒有違反有關條例呀……噢，原來那批貨是對方走私過來的。走私的不是我們，應該對方負責才是呀？是人家做好了籠子讓我們鑽？噢，原來如此……小葉，別急，急也沒用，你把那邊的情況都跟我說一說吧……

△江楓聽著，不禁嚇得面色慘白，豆大的汗珠從臉上滾落下來。

郁　飛：嗯，是……還有挽回的餘地嗎？半點可能都沒有了？……不，你不要安慰我，我想得開，事已至此，後悔也來不及了……好，好，那邊的後事就靠你周旋處理了……再見……

△郁飛放下話筒，全身一陣疲軟。

江　楓：（囁嚅地）沒想到……真沒想到……

△郁飛突然站立，猛地一拍桌子。

郁　飛：（怒吼）江楓，你也太不是個東西了！你偷了我的妻子不說，還跟別人設計，合夥做籠子讓我鑽，讓我徹底破產，你的心也太狠毒了呀！（一把攥住江楓領口）你說，這些年我是怎樣對待你的？江楓呀江楓，你為什麼要恩將仇報？！

江　楓：郁經理，郁大哥，你聽我說……

△郁飛啪地抽了江楓一個耳光，又使勁將他往前一推。

△江楓踉蹌著摔倒在地。

郁　飛：我不要你解釋，我什麼也不想聽！

△江楓翻身爬起，跪在地上。

江　楓：（聲淚俱下地）郁大哥，人心都是肉做的，我已經做了對不起你的事情，怎麼還會跟人家一起做籠子來害你呢？你破了產，我又有什麼好處呢？

郁　飛：這兩天，你為什麼要躲起來？

江　楓：我感到沒臉見人。

郁　飛：為什麼又露面了呢？

江　楓：想得到你的寬恕。

郁　飛：八百萬，八百萬的貨呀！一出廣州就給盯上了……為什麼在海關沒有查獲，為什麼在廣州沒有暴露，而一到咱們手裏，就給盯上了？……八百萬呀，說完就完了，比打水漂都不如……

江　楓：郁大哥，只怪我太幼稚，太沒經驗讓人騙了！但我絕對沒有跟對方一起合謀做籠子來害你，要是我做了這樣歹毒的壞事，天打五雷轟！

郁　飛：（不理會江楓，怪異地笑）嘿嘿嘿……總在打擦邊球，沒想到這回用力過猛，球出界了；總在走鋼絲，搖搖晃晃的，好多次驚險都過來了，沒想到這回腳底打滑，栽了下來……完了，什麼都完了，賬上的錢沒了，銀行的貸款要還，已用固定資產做抵押，公司遲早要拍賣……栽了，這回算是徹底栽了，輸得一乾二淨！唉，早知如此，留點後路也好……晚了，一切都晚了，說之何益？悔之晚矣……命呵，看來一切都是命運安排……（望著跪在地上的江楓）起來吧你，無論怎樣責怪，怎樣整你，也起不到半點作用了。江楓，我不怨你，別跪了，起來吧。

△江楓緩緩站立。

郁　飛：本來，我想做完這筆生意，就來安排你的事情。我想給你一筆錢，還想讓你帶走沈雲菲。可是，給錢已成泡影，只能讓你跟沈雲菲一塊走了。我們商定協議離婚，準備明天下午就去辦手續。後天，不，明天晚上，你就可以帶上沈雲菲，遠走高飛了。

江　楓：不，我不會跟她在一塊，不會跟她結婚的，我父母絕對不會同意這樁婚事的。我已經做了對不起你的事情，再也不能傷害生我養我的父母了！

郁　飛：當然，這是你的自由。

江　楓：郁大哥，都是我，害得你離婚破產……我……對不起你，（哽噎地）我一定要贖罪！

郁　飛：有了這次教訓，我想你今後會有出息的。

江　楓：是的，我要去南方闖蕩，一定要混出個人模狗樣來。大哥，到時候，我一定會來找你，我要賠你的情，還你的債！

郁　飛：難得你有這番心意，我希望你能發達，但是，我不會要你償還什麼的。

江　楓：不，我一定要贖罪，不然的話，我的靈魂將永不安寧！

郁　飛：好了，不說這些了，你可以走了。

江　楓：（緊緊地抓住郁飛雙手）郁大哥，我一輩子不會忘記你的大恩大德！

郁　飛：祝你好運。

十一

△某醫院心理諮詢室。

△黃醫生站在辦公桌前，郁飛坐於一側。

郁　飛：（微笑地）黃醫生，您別激動，真的，我說的都是真的。今天，站在您面前的郁飛，再也不是過去的那個郁飛了。我的公司像個泡影，說破產就破產了，半點挽回的餘地都沒有了。昨天下午，我跟妻子沈雲菲已經辦了離婚手續，那套住房，在離婚協議中就已寫明歸她，也正式辦了移交手續。也就是說，我現在成了一個地地道道的窮光蛋，什麼也沒有了，光稈司令一個。

黃醫生：難以想像！

郁　飛：商場如戰場，既殘酷激烈，又瞬息萬變；婚姻如夢幻，離合本是緣，一切憑自然。

黃醫生：你現在感覺怎樣？

郁　飛：感覺很好！我感到我的病徹底好了，我又成了一個正常人。黃醫生，感謝你治好了我的病，可惜的是，我卻不能履行過去的諾言了。

黃醫生：什麼諾言？

郁　飛：我說過，只要治好我的病，我要贊助二十萬元裝修這個心理諮詢室，還要另外付您高額報酬。可是，我現在破產了，難以兌現過去的承諾。黃醫生，實在是對不起！

黃醫生：我們當醫生的，首先要講究醫德，除正常的醫療費外，不會亂收費的，也不收受病人的額外報酬。儘快治好你的疾病，讓你早日恢復心理健康，是我最大的心願！

郁　飛：黃醫生，要是多一些像您這樣的醫生與好人，咱們這個社會，也就健康起來了。

黃醫生：我不過是在盡一個醫生應盡的職責罷了。

郁　飛：黃醫生，我會永遠記住您這位醫生與好人的！

△郁飛站了起來，準備離開。

黃醫生：（關切地問）您現在感覺到底怎樣？

郁　飛：黃醫生，說句內心話，要不是公司徹底破產，我還真難下定決心放棄已經擁有的一切。可是，在短暫的時間裏，我的命運發生了徹底逆轉……我想，這也許是上帝在向我昭示什麼吧？因此，對現在的處境，我並不感到悲傷，正好可以去過一種嶄新的生活。黃醫生，令人感到奇怪的是，我過去那樣富有，卻生活得索然無味，覺得半點意思也沒有，空虛無聊得幾乎自殺。今天，我一貧如洗，反而感到了生活的充實與可愛，彷彿回到從前，內心充滿了一股昂揚與激情、希望與光明！

黃醫生：那麼，您今後打算做點什麼工作呢？

郁　飛：我可以去當教師，那是我的本行，我想我會做得很出色的；我可以回到故鄉去當農民，與大自然融為一體，既腳踏實地，又知足常樂，那也是難得的一種人生境界呵；我還可以去跟別人打工，自食其力，一切從頭做起……總之，如今這社會，對一個健康的正常人來說，可做的事情很多，機會到處都有，我會選擇一種最適合的職業，做一點有意義、有價值的事情。

△《不能這樣活》的歌聲漸起，越來越響亮：「再也不能這樣活，再也不能那樣過，生活就得前思後想，想好了你再做……」

黃醫生：每人都有一個最適合於他的座標，一旦準確到位，就有可能成為一顆閃光的星辰。

郁　飛：黃醫生，您就放心吧，我會努力尋找那屬於我自己的人生座標！

△幕布在《不能這樣活》的歌曲聲中緩緩落下：「生活就像爬大山，生活就像趟大河，一步一個深深的腳窩，一個腳窩一支歌……」

△劇終。

人生是條單行道

（小劇場話劇）

時間：當代。

人物：林圓圓——女，33歲。

蔡　鷺——男，年約40，某中學高級教師。

江　濤——男，28歲。

劉　虹——女，年約30，林圓圓朋友。

蔡　雪——女，9歲，林圓圓與蔡鷺女兒。

林圓圓幻影、舞廳眾舞者等。

一

△夜。蔡鷺家客廳。電話鈴響。

△蔡雪從內室走出接電話。

蔡　雪：你好！

△靜聲。

蔡　雪：（大聲地）喂，請問找誰？（對方沒有反應，蔡雪自言自語）沒有聲音，難道電話壞了？

△蔡雪看看話筒，拍拍話機，壓下話筒。正欲離去，鈴聲再次響起，蔡雪抓起話筒。不待言聲，話筒裏傳出清晰的聲音。

△畫外音：「雪兒，我是媽媽呀雪兒！」

蔡　雪：（激動地）媽媽？你是媽媽！媽媽，你還好嗎？

△電話聲：「不好……不不……好好……媽媽挺好……我不在家你習慣嗎，是不是又長高了？」

蔡　雪：是是，又長高了，慢慢也習慣了，可就是想你！怪想你的，想得我……常常一個人發呆……爸爸問我怎麼了，可我又不敢說在想你……爺爺、奶奶，還有叔叔、爸爸，都不讓我想你，他們說你是一個壞女人，要我把你忘掉，可我怎麼也忘不掉！我越是不敢說想你，心裏就越想得厲害！

△畫外音（響起斷續的啜泣聲）：「雪兒……媽媽也想你，想得心肝肚疼……」

蔡　雪：媽媽，你這麼想我，怎麼不回家呢？

△畫外音：「我……你爸爸在家嗎？」

蔡　雪：爸爸？（下意識地回頭望瞭望）不在，他要是在家，我敢這樣跟你說話嗎？爸爸剛吃完晚飯，就夾著一疊作業本，匆匆忙忙地走了，他這學期好多晚自習都在給學生補課。

△畫外音：「爸爸不在家，媽媽就回來了……」

蔡　雪：什麼？媽媽回來了？你什麼時候回來？

△畫外音：「我現在就回來……」

蔡　雪：現在就回來？不可能吧，你該不是在騙我吧？

△畫外音：「雪兒，媽媽不騙你，我真的回來了，就在樓下不遠處，我見得到咱們家窗口的燈光……」

△蔡雪聞言，馬上放下話筒奔向窗口。

蔡　雪：（揮手，大聲呼喚）媽媽——

△林圓圓拎一個鼓鼓囊囊的旅行包踉蹌著跑上。

林圓圓：（左手放包，右手將手機放入口袋，伸開雙臂）雪兒——

蔡　雪：（撲了過去）媽媽——

△母女倆緊緊地擁抱在一起。

蔡　雪：媽媽，我可把你給盼回來了……

林圓圓：（眼淚不由自主地湧了出來）雪兒，讓我看看，讓媽媽好好看看，幾個月不見，你長高了，變白了，不過也瘦了……

蔡　雪：（為林圓圓揩拭眼淚）媽媽，你總算回來了！

林圓圓：要不是你，媽媽可能……可能就……不回來了。

蔡　雪：你還走嗎？

林圓圓：（閃爍其辭地）不走了，不過……我……

蔡　雪：媽媽，你走的時候也不告訴我一聲，偷偷摸摸的……

林圓圓：雪兒，都是媽媽不好……是的，你爺爺奶奶、叔叔爸爸說的不錯，我真的是一個壞女人，竟狠心丟下自己的乖女兒，不管不顧地跑了……

蔡　雪：不不，你不是壞女人，媽媽是一個好女人，是天底下最好最好的女人。我只要想起你，就會想到你的好處，就想跟你說說話兒，我有好多好多的事情要跟你說啊。你不在家，就想跟爸爸說，可他哪有時間跟我聊天呀，他一回家就趴在桌上，不是備課，就是批改作業。沒有人說，我只好悶在心裏……

林圓圓：噢噢，都是媽媽不好，讓雪兒受委屈了……

△響起鑰匙開門聲。

△蔡鷺夾講義一臉疲憊地上。

蔡　鷺：（發現林圓圓背影，緊張而大聲地）誰？

△母女倆正相互傾訴著，並未發現回家的蔡鷺，都嚇了一跳。

林圓圓：（回頭，盡力鎮靜自己）是我，林圓圓……

蔡　雪：哎喲，爸爸，是你呀，（拍胸口）嚇死我了。

蔡　鷺：（深感意外）哦，是你！真沒想到會是你！不辭而別，又……（斟酌著尋找措詞）不請自歸，還自報家門，擔心我認不出來了是不是？

林圓圓：（抬頭望望牆上的掛鐘）你不是給學生補課去了麼？

蔡　鷺：是的，按正常情況，得十點以後才回。學校臨時通知，學生明天英語模擬測驗，外語老師佔用了今天的晚自習，所以就提前回了。

林圓圓：怪不得這麼早呢。

蔡　鷺：你希望我晚點回來？（停頓）哦，是，當然……我明白了，你並不想見我。直到今天，你仍不願面對我，想有意避開我是不是？

△林圓圓不語。

蔡　鷺：圓圓，事已至此，還有這種必要嗎？

△林圓圓依然沉默。

蔡　鷺：不管怎樣，一些事情，總該有個了結對不對？（對蔡雪）雪兒，作業做完了嗎？

蔡　雪：哪裡就做完呀，老師每天佈置的家庭作業超多。

蔡　鷺：那就趕快去做吧。

蔡　雪：好的。（欲進內室，突然想起了什麼，對林圓圓）媽媽，今晚你可要跟我一塊睡呀，我要好好地——親你。

林圓圓：我……（欲言又止）

蔡　鷺：（有意活躍氣氛）這麼大了，還想拱在媽媽懷裏吃奶呀！

蔡　雪：就是就是，吃醋了是不是？

蔡　鷺：小丫頭，人小鬼大，你知道什麼叫吃醋啊？！

△蔡雪扮了個鬼臉，走進內屋做作業。

蔡　鷺：（疲累地坐在沙發上，似對林圓圓，又似自語）雪兒這孩子，真是越長越可愛了。

林圓圓：（附和地）她從小就懂事，不用我們多操心。

蔡　鷺：是啊是啊，要不乖巧懂事，這幾個月來，我一個人哪裡照顧得過來？（突然醒悟）噢，幾個月？是的，時間過得真快呀，自你出走，不，應該說是私奔！我清楚地記得，6 月 2 號，是你私奔的大喜日子，因為前一天是兒童節，你陪雪兒玩了一整天，第二天就蹤影全無。

唉，只怪我這人善良軟弱，也太粗心大意了，此前，我根本不知道你跟別的男人還有那麼……漂亮的一腿。（怪異地笑）嘿嘿嘿，難怪人家說妻子紅杏出牆，最後一個知道的肯定是他老公呢。哪怕今天，我也只知那個給我戴綠帽子的傢伙叫江濤，至於他長什麼模樣，貴庚幾何，高矮胖瘦，美醜妍媸，可半點都不知曉……荒誕，可笑，真是太荒誕太可笑了……（搖頭苦笑，掏出香煙，點燃，狠命地吸了一口，然後吧吧吧地吸個不停）

林圓圓：（驚異地）抽煙？你也抽煙了？什麼時候學會的？

蔡　鷺：6月2號！那天，我接二連三地幾乎抽了整整一個通宵。要不是它，這些日子，我真不知該怎樣度過，也許……咳，煙可真是個好東西！（又深深地吸了一口）我以前最反感別人吸煙，沒想到自己也吸上了。

林圓圓：吸煙有害健康，你連這點起碼的常識都不懂？

△蔡鷺沒聽見似的，故意吧吧吧加快吸食速度。

林圓圓：虧你還是高中畢業班的語文把關老師，就這副樣子，怎能教育別人？

蔡　鷺：（噴出一口煙霧，冷冷地望著林圓圓）你是誰？憑什麼這樣跟我說話？

林圓圓：（似乎剛剛想起什麼，慌亂地）對不起，我並不想……我只是說……我的意思是說吸煙不好，無論對自己，還是對別人，都是一種戕害。

蔡　鷺：對，說得好！（將剩下的半截香煙伸進煙灰缸，掐滅，激動地站起身）就像你這幾個月來的所作所為，無論對自己，還是對別人，都是一種戕害！

林圓圓：（咬牙，低頭，愧疚而小聲地）蔡鷺，都是我不對，我錯了……

蔡　鷺：（搖頭，冷笑不止）羞辱、壓抑、折磨、鬱悶、痛苦，難道一個錯字，就可一筆勾銷？

林圓圓：（抬頭望一眼蔡鷺，目光又趕緊離開，像個小媳婦似地盯著自己的腳尖）我改，保證改……

蔡　鷺：恐怕沒有這種必要了。

林圓圓：（不知所措地）你……我……難道……

蔡　鷺：也不想想，你跟人私奔，我該處於怎樣一種尷尬而悲慘的境地！廈門就這麼大一塊地方，我感到整個城市都在議論你的私奔，都在指點我的後背。多數人譴責你，但也有同情的，這種同情主要來自懷疑，他們從人道主義角度出發，懷疑我有嚴重的生理缺陷，說我早就患了陽萎症，不僅喪失了性功能，有時連小便也會自己的褲子弄得濕溻溻的……想想看，與這樣的男人一起生活，不是守活寡麼，也就難怪老婆、妻子、夫人棄他而去與人私奔了……弄得我在親友面前無法解釋，在學生面前失去威信，在同事面前喪失尊嚴，在熟人面前丟掉面子，哪怕陌生人，我也沒有自信抬不起頭來呵……

林圓圓：（喃喃地）沒想到事情會是這樣，真對不起……我當時什麼都沒想，僅憑一時衝動，一念之差，就與江濤結伴走了……

蔡　鷺：其實呀，你要離婚什麼的，我決不會死皮賴臉纏著不放。畢竟，強扭的瓜不甜，我會爽快地成全你們！可是，你卻不聲不響地上演一出私奔好戲，搞得沸沸揚揚天下皆知，花費這樣的代價，有必要嗎？

林圓圓：當時，我……無法開口，無法面對你，更無法面對雪兒，想以一種果決的，快刀斬亂麻的方式……迅速解決……

蔡　鷺：你的願望終於達到了！

林圓圓：可我……付出的實在是太多了！

蔡　鷺：有付出，才有收穫嘛。

林圓圓：收穫？

蔡　鷺：對，自然會有收穫呀。你這樣做，不就是為了儘快離婚，早日營造一個新的愛巢嗎？為儘快滿足你的需要，也為了保全我的面子，維護我的尊嚴，恢復我的自信，所以，我不得不上法院起訴你……

林圓圓：（驚異地瞪大眼睛）起訴我？

蔡　鷺：對，起訴你！法院無法將傳票送達你手中，只得開庭缺席審理。你不惜一切手段想要達到的目的，只有經過法院判決，才算正式生效。

林圓圓：（自言自語）哦，原來如此，我還以為……

蔡　鷺：離婚證與結婚證一樣，也是男女各持一份，只是顏色有別，由喜慶的紅色變成了和平的綠色，重新亮起了愛情自由通行的綠燈。你的那份，我也帶回了，給你保管得好好的，今晚總算可以完璧歸趙了。

△蔡鷺走進內屋。

△林圓圓木然站在原地。

林圓圓：荒誕，真是太荒誕了！過去，我需要這麼一個綠色通行證，卻無法面對現實，只好選擇逃避。現在，我遍體鱗傷地回來了，尋找失去的一切，迎來的卻是這樣一個結局……

△蔡鷺上。

蔡　鷺：（將綠色證件遞給林圓圓）給，你的，一人一個，公平得很，也算是對往昔生活的一種紀念吧。

林圓圓：（猶猶豫豫地接過）實在對不起！

蔡　鷺：事情已經過去，就別說這些了。你突然棄我而去，我恨過你，恨得咬牙切齒；可一旦正式離婚，心頭卻突然湧起一股感傷與柔情……常言道，一夜夫妻百日恩，即使不做夫妻了，咱們總歸還是朋友、熟人吧。

△林圓圓打開提包，將離婚證塞入其中，又將拉鏈拉上。

林圓圓：（拎著提包）蔡鷺，我想我該走了。

蔡　鷺：走？去哪兒？（突然轉口）哦，對，你是該走了，那個叫江濤的男人，肯定等你好長時間，恐怕等得都有點不耐煩了。

林圓圓：我沒跟他在一起了。

蔡　鷺：吹了？你們一同私奔，肯定愛得死去活來，怎麼說吹就吹了呢？不不不，沒在一起並不等於吹了，是我……不該問你這個問題……

林圓圓：問也無妨，我跟他，並不是一條道上的人……

蔡　鷺：對對對，你們要是還在一塊過的話，你肯定就不會回廈門了。嗯……既然如此，那就留下來吧。這麼晚了，你能上哪兒去呢？

林圓圓：我在廈門生活了 15 年，找一處留宿地方，應該不成問題。即使找不著，也可以住旅店。

蔡　鷺：可是，雪兒會讓你走嗎？你不是答應她留下來的麼？況且，我們雖然離婚了，財產還沒分割呢。

林圓圓：據說現在法院判決離婚，對有過失一方，格外加重經濟處罰……

蔡　鷺：存款你帶走了一半，住房是我家祖傳遺產，再重的經濟處罰，對你也不起作用。儘管如此，可屋裏的傢俱，冰箱彩電什麼的，都是咱們兩人共同掙錢買的，就是再有過失，我也不想貪污你這部分財產。因此，住下來享用你過去的勞動成果，不是理所當然麼？

林圓圓：（猶豫地）都離婚了，還住一起，這多不好……

蔡　鷺：咱們家三室一廳，一人一間房，你住你的，我住我的，井水不犯河水，有什麼不好呢？

△蔡雪上。

蔡　雪：媽媽，你又要走？就跟上次一樣，不讓我知道，偷偷摸摸的……

林圓圓：不，不走，媽媽今晚陪你睡。

蔡　雪：你剛才不是說要走嗎？要不是我上衛生間出來聽見，恐怕就跟爸爸說的那樣——不辭而別了。

林圓圓：不會不會，媽媽今晚不走。

蔡　雪：（沉思地）今晚不走，明晚呢？

林圓圓：明晚也不走。

蔡　雪：以後呢？

林圓圓：以後……都不走了！

蔡　雪：真的？

林圓圓：真的。

蔡　雪：拉鉤！

△蔡雪伸出右手小指，勾住林圓圓左手小指。

蔡　雪：拉鉤上吊，一百年不變……媽媽你也跟著說呀。

林圓圓：拉鉤上吊，一百年不變。

蔡　雪：

（同時地）變了的是小狗！

林圓圓：

二

△某茶樓。

△林圓圓與江濤相對而坐。

△江濤端起小小的茶杯一飲而盡。

江　濤：我不太喜歡喝茶，要喝也只喝綠茶，喝不慣這種閩南功夫茶。杯子太小，費勁，不過癮，我一口就可以喝下五六杯！

林圓圓：我知道你喝不來，以你大手大腳、風風火火、毛毛糙糙的風格，只習慣過水滸梁山英雄那種生活。

江　濤：那是一種什麼生活？

林圓圓：大塊吃肉，大碗喝酒，大膽罵娘。

江　濤：就是啊！那你為啥把我叫到這個鬼地方來受罪？

林圓圓：這幾天，你不是一直纏著我要好好談談嗎？這裏倒是一個最好的談話場所，清雅、幽靜，當然還有安全，不會有人打攪你。

△背景音樂《你是我的玫瑰花》反覆響起：「一朵花兒開，就有一朵花兒愛。滿山的鮮花，只有你是我的珍愛。好好的等待，等你這朵玫瑰開……」

江　濤：嗯，這首歌倒不錯，唱的好像就是你和我。

林圓圓：（長歎）唉！——都成過去，就不說這些了。

江　濤：成為過去？不可能成為過去！有些事情，不是你想怎樣就能怎樣的！

林圓圓：江濤，我不是明確跟你說過嗎？咱們倆，不是一條道上的，不可能長期生活在一起。

江　濤：這幾個月來，我委曲求全，什麼都依著你，慣著你，寵著你，難道就打動不了你？

林圓圓：不是打動，而是打！你竟敢動手打我……

江　濤：（打斷）那不叫打，是我一時失手……

林圓圓：一時失手？有一就有二，要是接二連三失手的話……

江　濤：（打斷）圓圓，真的是失手，我氣不過，一時衝動，就控制不住自己了。你也不想想，要真是動手打，你經受得了嗎？

林圓圓：對，那肯定早就一命嗚呼了。告訴你吧，我從小到大，還從未有人動過我一指頭，包括我的前夫蔡鷺，我們雖然爭過吵過罵過，可他從來沒有像你這樣對我失手過。

江　濤：圓圓，我知道，是我的不對，我改，保證改。

林圓圓：長期在一起生活，難保再有什麼事情惹惱你，要是你控制不住再次失手……（搖頭）不，不，只要想想我都感到害怕！惹不起，躲得起，為了安全起見，所以我只有選擇離開你。

江　濤：圓圓，我們可是真心相愛過的呀！

林圓圓：不錯，曾經一段時間，我的心思幾乎全部放在你的身上。

江　濤：我希望你能一如既往。

林圓圓：長期？（搖頭）不，不可能！

江　濤：越是不可能的事情，就越有這種可能。

林圓圓：也許是吧。唉，有些事，真叫人回想不得……其實，我對蔡鷺，也挺有感情的，只是……只是他生活嚴謹，不苟言笑，單調刻板得像一台機器，一個地地道道的教師爺。十多年來，我們的生活平淡得像一碗清湯，平靜得像一團死水，與我少女時代的浪漫想像實在是相差太遠了。就在這時，你突然出現了！蔡鷺精緻你粗糙，他刻板你活潑，他陰柔你陽剛，他嚴謹你馬虎，他老沉你青春，他文質彬彬你威武高大，他慢條斯理你風風火火……總而言之，你跟蔡鷺是兩種完全不同的男人，我彷彿發現了一個奇妙的全新世界，產生了一股強烈的探險渴望，對你由好感而動情，從動情而激情，而激情與瘋狂僅只一步之遙。一旦產生激情，我想我這回算是完了，控也控制不住自己了，明明知道前面是陷阱，還是不管不顧地一腳踏了過去……（搖頭）唉，其實呀，我並不是那種水性揚花、見異思遷的女人，真想不到，竟會跟你上演一出走火入魔的私奔鬧劇……

江　濤：（大聲地）鬧劇？在你眼裏，竟是一出鬧劇？你簡直在褻瀆我的感情！對你，我是真誠的，全身心的！圓圓，為了你——一個大我五歲的有夫之婦，我幾乎失去了我的所有！

林圓圓：我知道你失去了很多很多，難道我就沒有嗎？江濤，說句實在話，我放棄與失去的，也許比你還要多！作為女人，在我們這個社會，還有什麼比偷情更不道德更可恥的事情？廈門這地方，你生活了這多年，也不是不知道，它的開放程度與經濟發展幾乎不成比例，人們還生活在幾千年的封建傳統道德之中，有時男女之間的正常交往，都會受到非議，何況我是正兒八經、確鑿無疑地與你一同私奔呢？

江　濤：既然如此，你為什麼還要回來？

林圓圓：躲開你！

江　濤：即使躲開我，也不一定非回廈門不可！

林圓圓：是的，回到廈門，我真不知該如何面對我過去的那些同事、朋友、熟人，特別是蔡鷺與雪兒……可我不能不回來，我父母早亡，不可能回到我的東北老家，也不可能前往其他城市。我別無選擇，只有回到廈門，回到這座昔日接納過我，給過我溫馨、希望與光明的城市。畢竟，這裏有我的女兒，我的丈夫……

江　濤：（打斷）都離婚了，還什麼丈夫？一廂情願！

林圓圓：（不理）此外，我還捨不得廈門這座美麗的海濱城市，她實在是太漂亮，太適合人居了！

江　濤：既然你這樣認為，那我也跟著回來不走了。

林圓圓：你走不走是你的事，與我無關。

江　濤：怎麼與你無關？我們……

林圓圓：（惱怒地）江濤，我不知跟你說過多少遍，過去是過去，現在是現在，咱們不可能長期生活在一塊。其實，你對我的所謂失手，只是一個爆發點而已，關鍵是我們兩人之間的差異，除了年齡，更多的是性格。

江　濤：你過去怎麼就沒想到？

林圓圓：過去咱們畢竟沒在一起生活，只有經歷了這幾個月的風風雨雨，我才真正認識了你。比如你說話粗魯，罵人的話嘴巴一張就出來了；比如你走路快步如飛，跟你在一塊散步也不行；比如你不喜歡洗澡，身上散發出一股刺鼻的怪味……

江　濤：我不在慢慢改嗎？

林圓圓：狗改不了吃屎……不不不，對不起，我說錯了，我的意思是說，江山易改，本性難易，一個人的性格，不是說改就改得了的。

江　濤：是啊是啊，你總說我喜歡打鼾，喜歡打嗝，還喜歡放屁，其實這些都是天生的，我就是想改，也沒法改呀！

林圓圓：其實呀，我也不想改變你，瞧著你一副委屈求全的樣子，我心裏也不好受。如果只是短時間生活，你將就我，苛刻自己，一晃就過去了。可要結為夫妻長期生活一輩子，只要想想，我都於心不忍。再則呀，你們男人，談戀愛時天花亂墜，可一旦結婚，就會撕掉面具翻臉，大動干戈撒野。比如你現在所謂的失手，婚後就會升格為真正的動手。你身上的不良習慣，要是保留一輩子，叫我如何生活得下去？江濤，希望你能諒解我。

江　濤：其他什麼我都能諒解，只有這不能諒解！圓圓，為了你，我現在什麼都沒有了，如日中天的事業，因私奔而丟了；好不容易積攢下來的幾個錢，這幾個月花了；父母不同意咱們的事兒，我跟他們鬧翻臉，親情沒了；在別人眼裏，你是一個有家有室的良家婦女，是我誘惑了你勾引了你，作為一個插足者，我不僅失去了榮譽，還成了一個讓人時時提防的危險人物……圓圓，我要是再失去你，就真的成了窮光蛋，不，比窮光蛋還窮，連一個乞丐都不如了。

林圓圓：可我不能欺騙自己呵！

江　濤：圓圓，我求你了，你要是狠心拋下我，我真不知該怎樣活下去了。

△沉默。

△背景音樂《你是我的玫瑰花》凸顯：「滿山的鮮花，只有你最可愛。你是我的玫瑰，你是我的花，你是我的愛人，是我的牽掛……」

林圓圓：（咬牙，搖頭）不，江濤，我不能夠！過去的一切，就像一場夢，夢醒了，你還要我入睡嗎？即使入睡，也回不到過去的夢境了！

江　濤：你就不能從我的角度想想嗎？

林圓圓：想過，我替你想了很多。臨走前，我不是跟你談過很多次嗎？可你總是不答應。沒有辦法，我才不得不偷偷離開你呀。

江　濤：照此說來，我應該滿足了，因為咱們兩人私奔，你對蔡鷺可是半點口風都沒透過，一直把他蒙在鼓裏，包括你的女兒蔡雪。可這次回廈門，你起碼讓我有了一種預感是不是？

林圓圓：不錯。

江　濤：一個被拋棄的男人，這麼快就重新接納了你，蔡鷺也真是太軟弱太無能，太沒男人味了，連個女人都不如！

林圓圓：（反唇相譏）你好有男人味呀，像獵狗一樣跟蹤我，像狗皮膏藥一樣黏著我，像藤蔓一樣繞著我！（冷冷地）江濤，你要真是個男人，用得著這樣死皮賴臉地糾纏不放嗎？

江　濤：別說了！

林圓圓：我偏要說！

江　濤：（惱怒地）臭婆娘，給我閉嘴！

林圓圓：（起身）既然要我閉嘴，那咱們還談什麼？（挎上隨身攜帶的背包）對不起，我先走了。

江　濤：想走？恐怕沒這麼容易吧！

林圓圓：你想怎樣？

江　濤：在你心中，我既然算不上一個真正的男子漢，那麼，就別怪我斤斤計較了。你不仁，我不義；你做得了初一，我做得了十五！

林圓圓：別拐彎抹角的，有話請直說！

江　濤：為了你，什麼事業損失、榮譽損害、精神損傷、青春損耗……

林圓圓：（打斷）難道我就沒有嗎？

江　濤：我比你年輕五歲，五歲呀，是個什麼概念？你都徐娘半老了，哪來什麼青春損耗呀！

林圓圓：你……你……（氣得說不出話來）

江　濤：（不耐煩地揮揮手）所有這些，我都不跟你計較了。可咱們這次私奔，把我這些年來辛辛苦苦好不容易積攢起來的十萬元，全給花光了。這可是實打實的費用啊，你總不能讓我獨自一人承擔吧？

林圓圓：繞了大半天，不就伸手向我要錢嗎？

江　濤：不錯。

林圓圓：你要多少？

江　濤：所有開銷，咱們二一添作五。

林圓圓：五萬？

江　濤：不錯。

林圓圓：可我……手頭只有三萬。

江　濤：這不是買東西，可以討價還價的。

△林圓圓待在原地沉默不語。

江　濤：只要五萬，我已經夠仁慈的了！

△背景音樂《你是我的玫瑰花》迴響不已：「你是我的玫瑰你是我的花，你是我的愛人是我的牽掛，你是我的愛人，是我一生永遠愛著的玫瑰花……」

林圓圓：（深深地吸了一口氣）好吧，五萬就五萬！

江　濤：（和緩地）圓圓，只要咱們和好如初，我……

林圓圓：（打斷）別說了，五萬就五萬！

△林圓圓理理頭髮，向舞臺後大聲叫道：「小姐，買單！」

江　濤：我來吧。

林圓圓：是我請你到這地方來的。

江　濤：不，是我低聲下氣、死皮賴臉約的你。

林圓圓：好吧，那就最後給你一次面子，再見。

江　濤：咱們還能再見嗎？

林圓圓：不是要賠你五萬元經濟損失費嗎？我會儘快把錢籌齊，親手交給你的！

△林圓圓逃也似地匆匆跑下。

△江濤孤獨地站在舞臺中央，發出一陣怪異的大笑。

江　濤：五萬元，哈哈哈，五萬元！五萬元到底是多少？五萬元能買些什麼？五萬元能幹些什麼？哈哈哈……

三

△蔡鷺家客廳。林圓圓手拿遙控器，心煩意亂地調換電視頻道。

林圓圓：（自語）一個好看的台都沒有。

△林圓圓將遙控器隨手一扔，站起身關掉電視，然後坐在沙發上發呆。

△鑰匙轉動門鎖的聲音。蔡鷺拎一大包東西上。

蔡　鷺：在家呀，你？

林圓圓：（一驚，回頭）嗯，是，是。

蔡　鷺：（對內屋）雪兒，你看我帶什麼好吃的東西回來了！

林圓圓：還沒回家呢。

蔡　鷺：（望一眼牆上掛鐘）都六點了，怎麼還沒放學？（將一包東西放在沙發前的茶几上）晚上吃的都有了，她最喜歡吃什麼肯德基、麥當勞、德克士之類的東西了，我說它們是垃圾食品，可她就是喜歡吃。

林圓圓：如今的小孩都這樣。

蔡　鷺：是啊是啊，她要知道今天我給她買了這麼多的漢堡、雞腿、薯條，不高興壞才怪呢。

林圓圓：這麼多的東西裝進肚，她晚飯還怎麼吃呀？

蔡　鷺：晚飯？這就是晚飯呀！

林圓圓：那我下午不白忙活了嗎？

蔡　鷺：你已經準備了晚飯？

林圓圓：就是呀，做了好幾個你們喜歡吃的菜。

蔡　鷺：咳，幾個月來，我都沒有做晚飯的概念了。大多時候，我跟雪兒，就在外面吃速食。

林圓圓：是我沒有盡到責任……

蔡　鷺：速食也不錯，想吃什麼就點什麼，挺豐盛的呀。

林圓圓：速食不衛生，沒營養，一炒一大鍋，攪在一起，火候不足，油水不夠……

蔡　鷺：好吧，今晚就享受你準備的營養大餐吧。

林圓圓：（心神不寧地盯著掛鐘）雪兒這孩子，怎麼還沒到家呀？

△林圓圓快步走向舞臺一側張望，然後又踅回，一副心神不定的樣子。

蔡　鷺：圓圓，你回廈門這幾天，好像一直煩躁不安，是不是有什麼事情瞞著我？

林圓圓：（緊張地）沒，沒有，什麼事也沒有。

蔡　鷺：（盯著她的眼睛）真的？

林圓圓：（掉頭，掩飾地）真的。

蔡　鷺：（緊緊追問）這次沒有騙我？

△林圓圓不語。

蔡　鷺：有什麼儘管說好啦，只要幫得了的，我一定不會坐視不管。

△林圓圓躲開蔡鷺逼視的目光往後退著，身子碰著沙發，回頭看看，索性一屁股坐下。

蔡　鷺：你就是什麼也不說，我也能猜出個八九分，肯定是江濤死皮賴臉不肯鬆手，緊緊盯著咬著你不放是不是？

林圓圓：（下意識地）你怎麼知道的？

蔡　鷺：我……猜的……

林圓圓：就算是吧。

蔡　鷺：你借錢就為了對付他是不是？

林圓圓：既然知道了，還問我幹什麼？

蔡　鷺：這麼大的事，也不跟我說說。

林圓圓：借錢的事，是劉虹告訴你的，對不？

蔡　鷺：沒錯。她說你借錢急用，至於幹什麼，並未告訴我。

林圓圓：我再三叮囑，要她不對你講的，可她還是把我給出賣了。

蔡　鷺：你可不要責怪劉虹！她本來不想告訴我的，可她上月買了新房，存款用完不說，每月還要按揭還貸，成了房奴，實在沒錢借你。又見你急得六神無主，作為你最好的朋友，她比你更急，就忍不住告訴我了。

林圓圓：而你就將借錢的事與江濤聯繫在一起了。

蔡　鷺：沒錯。

林圓圓：這回你還真猜對了。

△蔡鷺從放在茶几上的塑膠袋內拿出一個報紙包著的對象。

蔡　鷺：你要的錢，我從銀行取出來了！

林圓圓：（望望紙包，望望蔡鷺，有點不知所措）你……你……

蔡　鷺：我取了三萬元。

林圓圓：只要兩萬就夠了。

蔡　鷺：你找劉虹借兩萬，這是我所知道的，還有不知道的呢？

林圓圓：江濤要我補償他五萬，我手頭還有……有當初帶走的三萬，只要兩萬就夠了。

蔡　鷺：多取的一萬，留在手頭備用嘛。

林圓圓：不不，只要兩萬，真的，兩萬就夠了，算我借你的……

蔡　鷺：（打斷）什麼借不借的，你先拿著吧。

林圓圓：（動情地）真給你添麻煩了。

蔡　鷺：麻煩？誰要你是雪兒的母親呢？圓圓，不要老想著過去的事了，要向前看……要不到時我陪你一同去怎麼樣？

林圓圓：（猶豫地）這……

蔡　鷺：我倒要瞧瞧，是個什麼了不得的男人，一下子就勾走了你的魂魄。另外呢，免得節外生枝，關鍵時刻，也好給你撐撐腰，壯壯膽嘛。

林圓圓：（不以為然地）就你這副孱弱樣，還想給我撐腰壯膽？

蔡　鷺：那就你給我壯膽壯膽嘛！

林圓圓：（不自然地笑）你撐不了我的腰，我也壯不了你的膽，反正事情已經過去，你們倆見見面，倒也無妨。

蔡　鷺：就是嘛。

林圓圓：到時候，你可不能亂來！

蔡　鷺：亂來？就我這副文弱樣，也敢隨便亂來？

林圓圓：說得也是，不過你們畢竟……畢竟是一對冤家，兩人見面，不能太直接，得講究點藝術才行……

蔡　鷺：那……我就躲在一旁，偷偷摸摸地欣賞幾眼怎麼樣？

△響起清脆的門鈴聲。

林圓圓：哦，雪兒終於放學回家了。

△兩人不約而同地奔向舞臺後側。

四

△林圓圓站在舞臺中央，抬腕看手錶。

△蔡鷺於舞臺一角背對觀眾走來走去，他一邊抽煙，一邊不時回頭瞟一眼林圓圓。

△江濤匆匆上。

江　濤：哦，圓圓，你早就到了。

林圓圓：早到早了結。

江　濤：蛇蠍兩般毒，最毒婦人心，看來果真如此。

林圓圓：你是我所遇到的最不是男人的假男人，天底下少有的無賴！（將手中塑膠袋裝著的對象遞過去）拿去吧，你要的五萬元！

江　濤：你太絕情寡義了！（猶猶豫豫的接錢）其實……我的本意……並不是要你的錢……

林圓圓：不要錢要什麼？好好清點一下，過後別又耍無賴，說給的五萬元錢缺斤短兩不夠數。

江　濤：你說我耍無賴，反正背了這麼一個名聲，今兒我就真的耍點無賴給你看。

林圓圓：快點點數吧，我正忙著呢，可沒那麼多功夫奉陪。

江　濤：你這總共是多少？

林圓圓：多少，你清點一下不就知道了嗎？五萬元，一分也不少你的！

江　濤：（變臉）五萬元，恐怕還少了點！

林圓圓：不是說好五萬兩清嗎？

江　濤：（掏出一張紙條）這是我們倆在外所有開銷的明細賬目清單，總共是十二萬零三百五十元。

林圓圓：（氣惱地指著江濤）你……你……

江　濤：（遞紙條）你先看看嘛，核對一下是否有錯。

林圓圓：（接過，稍稍瞟了一眼，將紙條胡亂地攥成一團扔向江濤）你……你……直到今天，我才真正認清你的嘴臉！

江　濤：三百五十元的零頭我就抹去忽略不計了，二一添作五，應該是六萬，這樣簡單的算式恐怕連幼稚園的小朋友也不會算錯呢。

林圓圓：我只帶了五萬，也只能給你五萬，咱們說好了的！

江　濤：再加一萬，咱們就徹底兩清了。

△蔡鷺慢慢踱了過來。

林圓圓：我手頭哪怕就是還有一萬，也不能給你！

江　濤：為什麼，想賴賬？

林圓圓：開了這個口子，你還會找其他藉口，想方設法來纏我。這回是經濟損失費，過幾天了又會出來什麼事業損失費，青春損失費之類的玩意兒。

江　濤：你不說我無賴麼，不錯，無賴就是這樣，只要能賴，可以找出千百種理由！

△蔡鷺猛然上前，往他們兩人中間一插。

蔡　鷺：哪兒冒出的無賴，也讓我見識見識！

江　濤：（退後一步）你是誰？

蔡　鷺：林圓圓前夫！

江　濤：你是蔡鷺？

蔡　鷺：沒錯，就是那個你給我戴綠帽子的蔡鷺。

江　濤：你想怎麼樣？

蔡　鷺：不是我想怎麼樣，而是你想怎麼樣？

江　濤：我想怎麼樣？（不屑地一笑）就憑你這副瘦不啦嘰的文弱書生樣，我想怎樣就可以怎樣！（示威地捏了捏拳頭）

林圓圓：（焦急地）有話好好說，你們可不能亂來呀！

蔡　鷺：先禮後兵麼，我首先當然得好好說，要是說不好，最後恐怕還是得亂來，才能解決根本問題！

江　濤：我最希望亂來。

林圓圓：蔡鷺，你——（將他們兩人扒開）江濤，還有你，都不能一時衝動！

江　濤：（居高臨下地）蔡老師，那你就先說吧。

蔡　鷺：小江呀，你不是要算林圓圓的損失賬嗎？你給我戴綠帽子，破壞我的家庭，敗壞我的榮譽，給我造成方方面面的損失，這筆賬應該怎樣算？

江　濤：這……

蔡　鷺：你剛才叫我蔡老師，並不是出於尊敬，而是蔑視！不錯，我當了一二十年教師，教了一二十年書，可謂桃李滿天下。學生中有當官的，當然也有坐牢的；官當得大的有公安局局長，檢察院院長，司法局局長，還有法院院長；至於坐過牢的嘛，有攔路搶劫的，有打架鬥毆的，還有一位因過失殺人剛剛刑滿釋放的；小江，你想通過什麼方式賠償我損失，紅道黑道，由你挑吧！

江　濤：啊？你……（連連擺手，一邊說一邊往後瞧）蔡老師，別……別這樣……我……

蔡　鷺：我保證奉陪到底！

江　濤：圓圓，這錢，（畏畏縮縮地將裝錢的塑膠袋遞向林圓圓）我……你……

蔡　鷺：（一把抓過塑膠袋，往江濤懷裏一塞，大吼）你什麼你，狗娘養的，還不快給老子滾！

江　濤：（連連後退）是，是，我滾，我這就滾……

蔡　鷺：要是下次讓我知道你再找林圓圓的歪，小心狗命一條！

△江濤轉身，快速跑下。

五

△蔡鷺家餐廳。餐桌上擺放滿桌菜肴，中間放一個大大的生日蛋糕。

△林圓圓腰繫圍裙，哼著歌兒，愉快地忙忙碌碌。

△蔡雪坐在餐桌邊，目光與身子隨林圓圓作相應的移動。

蔡　雪：媽媽，你回家這多天，我還從來沒發現你像今天這麼高興。

林圓圓：今天是爸爸生日，媽媽當然高興呀！

蔡　雪：爸爸好像不知道今天是他的生日。

林圓圓：說不定，他可能知道，也可能不知道。

蔡　雪：我還真忘了今天是爸爸生日呢。

林圓圓：小孩子，當然記不住呀。

蔡　雪：媽，幸虧你提醒，我給他做了一個生日賀卡。（從桌上拿起一張卡片，放在眼前仔細端詳、欣賞）

林圓圓：你這張自製的生日賀卡，將是他生日所有禮物中最珍貴的！

蔡　雪：（吻賀卡）哦，真是太棒了！還有你準備的這麼多好吃的東西，爸爸回來不高興壞才怪呢。

林圓圓：是啊，我們就是要給他一個大大的驚喜！

蔡　雪：也應該讓他好好高興才是，你不在家的那些日子呀，他總是唉聲歎氣、愁眉苦臉。

林圓圓：（情緒頓時低落）都是我不好，是我誤解了你爸爸。其實呀，你爸爸是一個很好的人。

蔡　雪：（自豪地）那當然。

林圓圓：你爸爸是一個優秀的教師，一個稱職的丈夫，一個善良的父親，一個真正的男人……

蔡　雪：喲，媽媽呀，你好像在搞詩朗誦，（誇張地）哇噻，多麼地打動人心呀！

林圓圓：（上前輕輕拍打蔡雪肩膀）真是個小人精！過去呀，我一直以為你爸爸柔弱，缺少陽剛，沒有男子漢風度，這次回來，我才算真正見識了。

蔡　雪：（好奇地）爸爸還是原來的爸爸，你是怎麼見識的？

林圓圓：他胸懷大度，容得下很多東西……

蔡　雪：（一步跨上椅子，高高地站立，雙手做著手勢，帶表演性地）啊，爸爸的胸懷，像大海一樣寬廣——

林圓圓：（笑）鬼丫頭。

蔡　雪：還有呢？

林圓圓：他外柔內剛！瞧你爸爸，個子不高，身材瘦弱，文質彬彬，一副典型的書生相……

蔡　雪：（打斷）不是書生，書生是學生，而爸爸是教師！教師比書生厲害，是教書生的人！

林圓圓：我是打比喻，說他外表不怎麼起眼……

蔡　雪：也不對呀，爸爸的外表很起眼呀！

林圓圓：嗯，我的意思是說，從我們大人的角度看上去，他不怎麼起眼，說話慢聲細氣，走路慢條斯理，性格不溫不火，有時候你替他急得不行，而他呢，仍是那麼一副不急不躁的老樣子。可關鍵時刻呀，那種內力，比高大威猛的男人還厲害！

蔡　雪：真的？

林圓圓：真的。前兩天，一個大塊頭男人糾纏我，欺負我，一下子就被你爸爸給鎮住搞定了。

蔡　雪：哇噻，（做手勢，帶表演性地）啊，我的爸爸真偉大，他像一個本領高強的好警察——

林圓圓：恨不得把你老爸捧上天。

蔡　雪：你不也在一旁吹捧嗎？媽媽，快點告訴我，爸爸是怎樣鎮住那個大塊頭壞人的？

林圓圓：這……（有意把話題岔開）都什麼時候了，你爸爸怎麼還不回來？

蔡　雪：就是呀，菜都冷了呢。

林圓圓：（似對蔡雪，又似自語）這麼晚，他早該回來了，是不是學校有什麼事情走不開？

蔡　雪：（想了想，像個小大人擬地）一般說來，這個時候，學校是不會有什麼事情的。要說有事，可能是他班上的學生出了什麼事，因為爸爸是班主任，不得不留下來處理呀！

林圓圓：嗯，有道理。

蔡　雪：要不打個電話問問？

林圓圓：你打吧，重點強調，一定要他回來吃晚飯。

蔡　雪：就說媽媽準備了一大桌子菜，還訂做了一個大大的生日蛋糕。

林圓圓：這個嘛，可以先不透露，咱們不是說好等他回來，給他一個驚喜的麼！

蔡　雪：（點頭）對，對，我差點忘了。

△電話鈴聲突然響起。

林圓圓：很有可能是你爸打回來的。

蔡　雪：我去接。

△蔡雪跳下椅子，跑至舞臺一角接電話。

△林圓圓盯著蔡雪背影，認真傾聽。

蔡　雪：爸，真的是你呀，讓媽媽一下就給猜著了……你怎麼還不回家？……啊，什麼，不回來吃晚飯了？那你怎麼不早說，害得我們一直等呀等的……對，不錯……嗯，是的，媽媽做了一大桌子菜，全都涼了……嗯，是……哎，爸，你別急著擱下，我問你，你知道今天是你生日嗎？媽媽還給你買了一個好大好大的蛋糕呢……原來你知道……哦，有人請你過生日……爸，你真不像話，我可要好好地批評你，你過生日，這麼了不得的大事，竟把我，還有媽媽給撇在一邊……好好好，不說了不說了，回頭跟你一起算總賬……祝你生日快樂！拜拜！

△林圓圓臉色與情緒隨著蔡雪的聲音不斷變化著，漸至低落而沮喪。

△蔡雪放下話筒，回到林圓圓身邊。

蔡　雪：媽，爸爸不回來吃晚飯。

林圓圓：我聽見了。

蔡　雪：有人請他過生日呢，電話裏，他旁邊好像有個女的在插話，問他喜歡吃什麼，她好點菜。爸說，隨便啦隨便啦，然後又轉過來跟我通話。

林圓圓：（大驚，極力掩飾）啊，該不是你聽錯了吧？

蔡　雪：我沒有聽錯。

林圓圓：也許，那女的是另外一桌，要不就是餐館的服務小姐。

蔡　雪：（連連搖頭）不是不是，我聽得一清二楚，是在跟爸說話呢，還……

林圓圓：（敏感地）還什麼？

蔡　雪：沒有什麼。

林圓圓：死丫頭，搞得神秘兮兮的，不肯告訴我呀。

蔡　雪：（委屈地）媽，真的沒什麼！

林圓圓：（故意釋然）我也知道真的沒什麼，不過問問而已。好了，你爸不回來，咱們兩人吃吧。

蔡　雪：這麼多菜，咱們兩人，哪裡吃得了！

林圓圓：吃不了兜著走。

蔡　雪：（笑）媽，吃不了，不必兜著走，擱冰箱不就得了！

林圓圓：（不得不擠出一個笑容）對，咱們儘量吃，能吃多少算多少，吃不了，又不是在外面餐館，當然不用兜著走啦。

蔡　雪：其實呀，我肚子早就餓得咕咕叫了。

林圓圓：（夾住一塊雞大腿，放到蔡雪碗裏）好，那就敞開肚皮，使勁地吃，拼命地吃，放肆地吃！沒有你爸，咱們倆吃得更舒服，更開心，更痛快！

六

△蔡鷺家客廳。燈光昏暗。

△林圓圓躺在沙發上熟睡。

△蔡鷺醉醺醺地上，按一下開關，燈光大亮。

△林圓圓翻一個身，嘴裏嘟囔了一句什麼，仍處於迷迷糊糊的昏睡狀態。

△蔡鷺順勢往沙發上一躺，一下壓在林圓圓身上。

林圓圓：（一驚）誰？你是誰？（掙扎起身，見是蔡鷺，睡意全消）總算把你給盼回來了！（看牆上掛鐘）快深夜兩點了，喝得夠晚的。

蔡　鷺：（調整睡姿，眼睛微閉）喝得夠晚？不對，你說錯了，應該說喝得夠多的了。啊，真是喝得多呀，我這輩子，就數今晚跟你在一起喝的最多！你不信？我這人從來不會說假話……對，我要麼不說，只要開口，就不會說假話……

廢話，那是，有時候肯定要說點廢話，我寧可說廢話，也決不說假話……

林圓圓：（望著喋喋不休的蔡鷺開始插話）你真的不會說假話嗎？

蔡　鷺：真的，我發誓。

林圓圓：那我問你，今晚跟誰在一起喝酒？是哪個請你過生日？

蔡　鷺：阿芬呀，不就你嗎？虧你還記住了我的生日，真心實意地請我，卻問我跟誰在一起喝酒，是哪個請客……你這人真逗，比我原來那個……那個前妻呀……不知幽默、風趣到哪兒去了，咳，她要是有你一半這種迷人的風采，還有……迷人的情調，那可就好了……

△林圓圓垂手靜靜地站在一旁，不知該說些什麼，做些什麼才好。

蔡　鷺：（繼續朝著虛擬的對象往下說）你別向我打聽她好不好？真的，我真不想提那個忘恩負義的……婆娘……我告訴你呀，她剛來廈門時，獨自一人，舉目無親……自從遇上我，就時來運轉了，我爸過去沒退休，好歹是個副局級幹部，幫她找了一份好工作。你要知道，那時候找份好工作可實在不容易。我們結婚時，房子也是現成的……現在當然落伍了，可那時候，是廈門開發最早的一批商品房呀，誰見了都羨慕得眼紅……喝，我要喝！你別管我好不好？你憑什麼……你有什麼資格管我？那個林圓圓，也就是我的前妻，管我管得才厲害，本來我這人就沒有什麼嗜好，安分守已到了可憐的程度，她還要把我管得緊緊地，按她想像的模式套……套……弄得我左也不是，右也不是，灰頭灰臉的……結果呢……（難受得乾嘔不已）又說我不像個男人……就跟一個她自以為是男人的男人跑了……那個男人，我見過的，也叫男人嗎？（突然從沙發上站起來，一副歪歪倒倒的可笑狀）女人花了她的錢，還要補償……補償了五萬，不甘心，又說話不算數……耍賴，要追加一萬，說是上次把賬算錯了，非要林圓圓補交不可……那天呀，要不是我出面，狠狠地……乾脆地……果斷地……教訓了那小子一頓，我過去的那個騷婆娘可就沒法脫身了……（說著突然往前一個趔趄）

△林圓圓趕緊上前攙扶。

林圓圓：別說了，洗一洗，睡覺去吧，明天還要上課呢。

△蔡鷺醉眼醺醺地望著林圓圓。

蔡　鷺：（右手指點著）上課？天天都要上課！上了十幾年……快……快二十年了，我都上煩了，上厭了，就不能不上麼？（乾嘔不已）

林圓圓：（焦急地）哎，瞧你，喝了這麼多，醉成這個樣……

蔡　鷺：我沒醉……我雖然不喝酒，但酒量還是有的，這就是辯證法……同學們，什麼叫做辯證法？我可以現身說法地……告訴你們，不喝酒不等於沒有酒量，這就是辯證法……

林圓圓：（手足無措地）得弄點什麼解酒的藥物才是。

蔡　鷺：不要，我什麼都不要……剛才說到哪裡啦？咳，忘了……想不起來了……㖞、㖞、㖞……（又開始乾嘔）

△林圓圓感覺不對頭，趕緊找出一個臉盆，雙手端著預備蔡鷺嘔吐。

△蔡鷺㖞了一陣，一股帶著濃厚酒味的黏稠液體終於從他口中噴瀉而出。

△吐過一陣，林圓圓放下臉盆，順手從茶几上扯出幾張餐巾紙，在蔡鷺嘴邊、臉上擦了又擦。

△蔡鷺吐過一陣，腦袋一偏，身子一歪，斜斜地躺在沙發上。

林圓圓：（長歎一聲）唉，自作自受，真是自作自受啊——

△一陣鼾聲響起。

林圓圓：（緊張地）鼾聲？誰在打鼾？（發現了鼾聲之源）哦，原來是蔡鷺，他以前從來不興打鼾的，現在也像江濤一樣打鼾了。不過即使打鼾，蔡鷺也是文縐縐的，不像江濤那樣電閃雷鳴似的……

△蔡鷺鼾聲止息。

△林圓圓上前低頭望著，突然抓住他的胳臂。

林圓圓：不能在沙發上睡覺，要著涼，會感冒的，我扶你到臥室去吧……

△林圓圓拼出全身力氣將蔡鷺拉起身，調整一番，架著他往裏屋走去。

七

△蔡鷺家。林圓圓臥室，燈光昏暗。林圓圓躺在床上熟睡。

△手機鈴聲。林圓圓翻了一個身，繼續昏睡。鈴聲止。

△手機鈴聲不依不饒地再次響起。林圓圓揉揉眼睛，扯了兩個呵欠，然後從床頭拿過手機接聽。

林圓圓：（睡意朦朧地）喂，誰呀？

△劉虹上，用手機與林圓圓通話。

△舞臺燈光分別射向兩個不同的表演區。

劉　虹：還誰呀誰的，嘿，你這人真是，怎麼連我的聲音都聽不出來了？

林圓圓：哦，劉虹，是你呀。我睡得正香呢，這麼早就打電話過來，還讓不讓人睡覺呀。

劉　虹：都十點半了，還早？

林圓圓：哦，十點半了，我還以為……對不起，昨天睡晚了，窗簾又拉得嚴嚴的，我還以為天沒亮呢。

劉　虹：以為天沒亮，要是窗簾沒拉嚴的話，太陽肯定早就把你的屁股給曬糊了。

林圓圓：（開心地笑）咯咯咯……哎呀呀，你這人真幽默，可把我肚子給笑疼了。

△林圓圓一邊笑一邊拉窗簾。燈光明亮。

劉　虹：笑什麼笑，有什麼好笑的？嚴肅點，我可要跟你說正事了！

林圓圓：說吧，說吧，我聽著呢。

劉　虹：江濤的事情，擺平了嗎？

林圓圓：嗯，擺是擺平了……劉虹呀，這回我可對你有想法呢，我要你誰都不告訴的，包括蔡鷺，你到底還是把我給出賣了。

劉　虹：要不是我出賣你，你就是把自己給賣掉，一下子也弄不來幾萬塊錢呀！

林圓圓：（笑）你這人呀，說話就是這麼難聽。

劉　虹：就我還跟你說幾句真話，可你呢？卻不把我當知心朋友待。

林圓圓：（委屈地）你是我唯一能夠掏心掏肺的朋友……

劉　虹：可你跟江濤的事，卻一直瞞著我，直到你們出走了，才在杭州給我打了一個電話，說你們在一起過了。要是早讓我知道呀，就不會惹出後面的一些麻煩來。

林圓圓：跟江濤好上，又不是什麼光彩的事情，算偷情呀，偷偷摸摸的婚外戀，你要我怎麼開得了口？唉，我也是鬼迷心竅，一下子就來了激情，怎麼也控制不住自己，就陷進去了。

劉　虹：是呀是呀，有人說女人不講理性，最喜歡跟著感覺走，看來還真是那麼回事呢。

林圓圓：我以前很相信感覺，現在才覺得，感覺並不一定可靠。

劉　虹：吃一塹，長一智。過去的事，你就是後悔，把腸子悔斷，也悔不過來了，關鍵是要向前看，再也不能吃虧了。女人一翻過三十，就不怎麼值錢了，就吃不起虧了。

林圓圓：那是那是，唉，我真不明白，當時怎麼就觸了電，在江濤身上找到了一種麻酥酥的奇妙的幸福的愛情感覺。其實呀，江濤不僅不可愛，還是一個無賴，有時候比無賴還無賴。

劉　虹：總算認清了，也算一個收穫嘛。兩相比較，蔡鷺才算胸懷寬廣的真正男人，你鬧了這麼大的事，只要迷途知返，他也不計較，很快就接納了你。

林圓圓：計較肯定是有的，其實我跟他……怎麼說呢，雖然同在一個屋簷下，但咱們各過各的，嚴格說來，算是分居。

劉　虹：分居？怎麼個分法？

林圓圓：飯在一起吃，覺不在一起睡。

劉　虹：呀，這可不妙。我跟你說呀，像蔡鷺這樣的，也算得上優秀男人了。人家說男人四十一枝花，他正當年呢。你瞧他什麼沒有呀，有房子，有職稱，收入高，中學高級，為人也不錯，一旦離婚成了自由身，不知多少女人盯著他。圓圓，我跟你說呀，在我們廈門，優秀的單身女人多的是，並且大多都是從外地來廈門淘金的，長相漂亮，學歷又高；可優秀男人呢，真是少之又少，稍微優秀一點的，人家早就結婚成家了。因此呀，像蔡鷺這樣的條件與情況，也算得上黃花閨女的搶手貨了！圓圓呀，你可不能掉以輕心，讓人家把本來屬於自己的優秀老公給搶跑了！對蔡鷺，你可要做到「三個一點」喲——追緊一點，盯牢一點，看嚴一點，爭取早日複婚！

△林圓圓沉默不語

劉　虹：哎，我說的，你都聽見了嗎？

林圓圓：聽見了。

劉　虹：記住了嗎？

林圓圓：記……記住了……

劉　虹：記住了就要嚴格執行囉！好了好了，不跟你聊了……（聲音突然變低，語氣透出幾分神秘意味）我們老闆過來了，拜拜。

△林圓圓接完電話，彷彿使完全身力氣似的，感到一陣疲軟與暈眩。手一鬆，手機掉落在地，發出「咚」地一聲響。

八

△大海邊，鼓浪嶼隱約可見。有輕輕的濤聲傳來。

△蔡鷺與林圓圓在海邊漫步。

林圓圓：（驚喜地指著前方）瞧，鼓浪嶼！我小時候就知道廈門有個鼓浪嶼。

蔡　鷺：怎麼知道的？

林圓圓：聽歌唄。

蔡　鷺：哦，就那首《鼓浪嶼之波》？

林圓圓：不錯，鄭緒嵐唱的，真的很動聽。

蔡　鷺：島嶼美麗，歌曲動聽。

林圓圓：可現在我心頭響起的，卻是另一首歌。

蔡　鷺：一首什麼歌？

林圓圓：《海韻》。

蔡　鷺：《海韻》？

林圓圓：不錯，正是《海韻》。（輕聲哼唱）女郎，你為什麼獨自徘徊在海灘？女郎，難道不怕大海就要起風浪……

△此後，空中便斷斷續續、隱隱約約地迴響著《海韻》旋律。

蔡　鷺：圓圓，我發現你回來後，心頭總是彌漫著一股憂傷，深沉的憂傷。

林圓圓：你要我怎麼高興得起來呀！唉，人呀人，別說一失足成千古恨，就是走錯一步，哪怕及時回頭，也來不及了。

蔡　鷺：不至於這麼嚴重吧。

林圓圓：因為好多機會，就在那走錯一步的時候消失了。

蔡　鷺：你的意思是……

林圓圓：我回來這麼多天了，我們又住在一起，可你連碰都沒碰過我一次。

蔡　鷺：（不自然地笑）我們離婚了，不是夫妻，只是普通朋友，要是出軌，那就是違法，是不道德的。

林圓圓：恐怕並非如此，而是……（欲言又止）

蔡　鷺：而是什麼？

林圓圓：而是你心中另外有人了……

蔡　鷺：（止步，敏感地）誰？

林圓圓：（故意淡然地）我怎麼知道她是誰？

蔡　鷺：那天晚上喝醉，我是不是亂說了些什麼？

林圓圓：酒後吐真言，你怎麼會亂說呢？（歎息）一些事情，也很正常啊，我出走三四個月，咱們後來又離婚了，你一個自由身，要是不與其他女人交往，那才叫不正常呢。

蔡　鷺：對，就比如你與江濤偷情，最後一個知道的人只會是我，否則就是不正常。因此呀，直到你們私奔了，我才從劉虹那兒轉彎抹角地知道那麼一丁點兒音訊。

林圓圓：我知道對你造成了深深的傷害，這輩子，你是不肯原諒我了。

蔡　鷺：（掏煙，點火，火苗被海風吹滅）幹得好好的工作丟掉了，女兒、丈夫、家庭不要了，什麼臉面、榮譽也顧不得了，幾乎達到了孤注一擲、捨命一搏的瘋狂程度。而這，就是為了一個無賴般的男人，為了衝動的激情，為了所謂的愛情！（連連搖頭）真是令人不可思議！（繼續點煙，終於點燃）

林圓圓：嗨，你煙癮真大！

蔡　鷺：（猛吸一口，尷尬地笑笑）吸上了，沒辦法。

林圓圓：一天估計得兩三包才行吧？

蔡　鷺：兩包就夠了。

林圓圓：抽多了對身體不好，還是儘量少抽一點吧。

蔡　鷺：一個從來沒有吸煙史的四十歲男人，突然間就染上了煙癮，想戒也戒不掉，世上令人不可思議的事真是太多了！

林圓圓：是啊是啊，就說我跟江濤的事兒吧，不僅你不理解，就是我本人，事後也不理解呀！其實，只要稍微理智一點，事情就不會發生。

蔡　鷺：你與江濤偷情我能理解，他與我是完全不同的另一種類型，你想換換口味，嚐嚐鮮，也算……人之常情吧。你們要維持關係，選擇的方式也有多種，比如繼續偷偷摸摸，比如向我提出離婚……而事實上，你們卻選擇了一種社會所不容的最糟糕的方式——私奔。你們這樣做，無疑就是向婚姻，向道德，向整個社會的現存秩序挑戰，真是愚不可及，蠢不堪言！

林圓圓：要是世上有後悔藥就好了。

蔡　鷺：也不必後悔，事情做了，就應該有所承擔。儘管你的行為不可理喻，儘管我是受傷害最大的人之一，但我覺得，你總算勇敢地面對了一次真實的自我，哪怕這種真實，是人類與生俱來的陰暗，是我們無法克服的疾患。

林圓圓：不論對自己，還是對你，對雪兒，對你的家人，都是一種傷害，越是與我最親近的人，就傷害得越厲害。

蔡　鷺：好了好了，不談這些了，別總是糾纏在這些不愉快的事情上，咱們還是談點輕鬆的話題吧。

林圓圓：不，我想繼續談下去。

蔡　鷺：為什麼？

林圓圓：（固執地）不為什麼，就是想談。

蔡　鷺：那就談吧。

林圓圓：為什麼女人能接受男人的越軌，男人就半點也不能接受女人的不貞呢？蔡鷺，難道你就不能原諒我一次嗎？

蔡　鷺：這不是原諒不原諒的問題，而是……

林圓圓：（急迫地）而是什麼？

蔡　鷺：（婉轉回避）圓圓，關於婚姻，我記得有人打過一個與菜有關的比喻：婚姻是一道菜，充滿酸甜苦辣；離婚是一盤炒砸了的菜，瞧瞧實在無法吃，只好倒掉；而複婚呢，則是一盤回鍋菜，打翻了或沒炒好，丟掉可惜，就倒回鍋裏，加些作料，再炒一次……

林圓圓：這比喻倒挺有意思的。

蔡　鷺：（胳膊緊緊地交叉在胸前）晚風太涼了，我都有點受不了啦，咱們回吧！

△林圓圓不語，上前欲挽蔡鷺胳臂。

△蔡鷺彷彿不經意地往旁邊一竄。

△林圓圓尷尬地待在原地。

林圓圓：（稍愣，然後哼唱）女郎，你為什麼徘徊在海灘？女郎，難道不怕大海就要起風浪？（聲音漸大，深情而投入地）啊，不是海浪，是我美麗衣裳飄蕩。縱然天邊有黑霧，也要像那海鷗飛翔……

九

△某公園。燈光昏暗。

△蔡鷺與一女子悠閒地散步。

△林圓圓偷偷跟隨其後。

△蔡鷺與女子止步，兩人相對而立，擁抱，做親吻狀。

△林圓圓快步上前。

林圓圓：（大聲地）嗨，真投入呀，你們！

△蔡鷺與女子受到驚嚇，趕緊分開。

蔡　鷺：（回頭，發現站立一旁的林圓圓）圓圓，你怎麼來了？

林圓圓：我怎麼不能來？

蔡　鷺：你沒有權利跟蹤我，更沒有權利干涉我！

林圓圓：我當然沒有這樣的權利，我只是想知道，跟你相好的這個女人到底是誰！

蔡　鷺：不管是誰，你也管不著。

林圓圓：鹹吃蘿蔔淡操心，我根本就不想管，只是滿足一下好奇心而已。（走向那個女人）你到底是誰？讓我看看嘛，看一下有什麼不可以呢？是不是那天晚上請老蔡喝酒，陪他過生日的那個阿芬？

女　人：（扭頭有意回避著她）是，又不是。你可以叫我阿芬，也可以叫我阿芳、阿毛、阿菊，還可以叫我阿貓、阿狗什麼的。

蔡　鷺：名字只是一種符號，關鍵在於她比你年輕，比你漂亮，比你有學問，比你……

林圓圓：（難受地捂住耳朵）別說了你！

蔡　鷺：我偏要說，就是要說，我要道出事實真相！

林圓圓：好吧，你說吧，說吧，哪怕再優秀，我也要打敗她。（轉向女人）蔡鷺是我的，誰也奪不走！我愛他，我知道他的性格，他的生活習性，我會好好照顧他！我現在就跟他住在一起，近水樓臺先得月，有最優越的條件，我與他更有一個優秀的作品——蔡雪！這是聯繫我們的怎麼也掙不斷的堅韌紐帶，在這點上，哪怕最優秀的女人也競爭不過我……我要在短時間內與他複婚，請你不要干涉、介入我們的生活！

△女人不語，只是一個勁地冷笑不已。

林圓圓：你到底是誰，怎麼不說話？

△女人突然轉過身來直面林圓圓，她的臉上戴著一副面具。

林圓圓：別以為戴上面具我就認不出你！

△林圓圓突然上前，一把抓下女人臉上罩著的面具。

△女人原來是劉虹，她笑模笑樣地站在林圓圓面前，露出一副傲慢自得的神情。

林圓圓：（一聲驚叫）啊，劉虹！原來是你，怎麼會是你——我最要好的朋友？

△暗轉。

△蔡鷺家。林圓圓臥室，燈光昏暗。

△林圓圓「啊」地一聲尖叫，從惡夢中驚醒過來。

△林圓圓呆呆地坐在床上。

林圓圓：（自語）原來是一個夢！

△林圓圓起身拉開窗簾，頭頂一道光束射了過來。

林圓圓：旭日東昇，不過一個白日夢罷了。既為白日夢，那就是幻覺，虛空的假相。

△畫外音：「日有所思，夜有所夢。不是假相，而是預兆！

林圓圓：（嚇了一跳）誰？你是誰？

△畫外音：「我是林圓圓。」

林圓圓：林圓圓？你是我？真搞笑！（四處尋找）屋裏真是出了鬼，從哪兒鑽出來一個與我同名同姓的林圓圓？（對著虛無的空中，厲聲地）說，你到底是誰？為什麼要冒充我？

△一位帶林圓圓面具的女者飄然而至。

林幻影：冒充你？有什麼必要冒充你？我是另一個你，是你深藏不露的另一半。

林圓圓：哦，你……真的是另一個我嗎？（似乎有所認可，敲打前額）唉，越睡越想睡，腦袋脹疼脹疼的，瞌睡怎麼越睡越多呀，莫非還在夢中不成？

林幻影：夢一做完，你就醒了。

林圓圓：也就是說，我正置身現實之中。

林幻影：可你總是不敢正視現實。

林圓圓：是的，我總想著能夠回到過去。

林幻影：你回不去了！

林圓圓：直到今天，我才真正明白，平平淡淡、從從容容才是真。

林幻影：你親手打破了生活的平靜，伴隨你的，就只能是起伏的波瀾。

林圓圓：不，只要還有一點可能，我就要去爭取。

林幻影：爭取什麼？

林圓圓：與蔡鷺複婚，回到過去。

林幻影：將那單調寂寞的生活，從頭再來一次？不，你又會滋生新的不滿，去找尋也許是一個名叫海濤的理想情人。哪怕再安定再幸福，人們都有一種不滿足現狀的本能與渴望，生活在別處，生活在遠方，生活在彼岸，這才是生活的真相。

林圓圓：不，經過了這樣一次巨創，我再也不會了。

林幻影：即使你想回去，蔡鷺也不會與你同步合拍了！

林圓圓：所以我要爭取嘛，用耐心、愛心、溫柔、懺悔、行動，總之是一個女人所能施展的一切手段與魅力，喚回他對我的感情，還有依賴。

林幻影：那麼，你的獨立與自尊呢？首先，你是一個人，然後才是一個女人，一個母親！

林圓圓：不，我首先是一個母親，然後是一個女人，再才是一個人。為了蔡雪，為了喚回蔡鷺的愛，我可以低三下四，可以委曲求全，因為我給他造成傷害與痛苦實在是太大太大了！這種傷害與痛苦，無論怎樣形容都不過分！我要懺悔，要改過，要彌補，要挽回……

林幻影：你這樣做，是出於真誠，還是一種無奈，抑或是三從四德的封建傳統本能？你還是一個現代女性嗎？

林圓圓：我……請你不要用一些概念化的東西苛求我，束縛我，我聽從內心的召喚，我出於一個母親的本能……

林幻影：（打斷）內心？你的內心正是我，你為什麼盜用我的名義？

林圓圓：盜用你的名義，咱們到底誰在盜用誰的名義？

林幻影：是你，是你，就是你！

林圓圓：別吵了，吵得我心煩意亂、頭暈腦脹……

△手機鈴聲作響。

△林圓圓幻影消失。

林圓圓：（若有所失地）唉，這電話來得……是時候又不是時候。（接聽）你好——

△劉虹上，在舞臺一角與林圓圓通話。

劉　虹：還在睡懶覺吧？

林圓圓：（一驚）哦，劉虹，是你！

劉　虹：怎麼，驚醒了你的美夢是不是？

林圓圓：哪有什麼美夢呀，這些日子，只要做夢，全是惡夢，我剛才就做了這樣一個惡夢，並且夢見了你，可你在夢中卻扮演了一個並不光彩的角色。

劉　虹：夢境與現實，總歸是相反。我說圓圓呀，你不能老待在家裏了，不是呼呼睡覺，就是胡思亂想，還是出來走走轉轉吧。

林圓圓：上哪兒走走轉轉？

劉　虹：要不，晚上咱們兩人去跳舞，瀟灑瀟灑，放鬆放鬆。

林圓圓：沒有這份心情。

劉　虹：你對我都沒有這份心情，還姐們呢！

林圓圓：不，不是這個意思，劉虹，我真的不想出去，沒面子，怪丟人的。

劉　虹：廈門說小也小，說大也大，你以為你真是什麼了不得的名人是不是？告訴你吧，你林圓圓走在大街小巷，沒有哪個知道你是誰。不信咱們打賭，或者來個隨機調查？

林圓圓：關鍵是我自己的心理障礙難以克服。

劉　虹：來吧，我幫你克服好啦！

△暗轉。

△背景音樂起。林圓圓與劉虹相互旋轉舞蹈。

△眾舞者伴舞，營造出一種現代舞廳的休閒、娛樂、浪漫氛圍。

劉　虹：你回來都半個多月了，最起碼得先找份活兒幹幹才是，最好是回原單位。

林圓圓：回原單位？不可能！我不辭而別，人家沒追究我，就算不錯的了。

劉　虹：是啊，你過去那份工作多好呵，人既輕閒，工資又高。自個兒給弄丟了，圓圓呀圓圓，我真不理解你那一刻的思想與行為。

林圓圓：（自嘲地）這就叫工作誠可貴，家庭價更高。若為激情故，兩者皆可拋。

劉　虹：哈哈哈，不錯不錯，虧得你還有這樣的聯想與文采，難得難得。

林圓圓：（突然正色地）劉虹，別笑了，我也求你別說過去那些事兒了，還是幫我多出點主意，多想點辦法吧！

劉　虹：這樣吧，我先跟你聯繫聯繫，看能不能找到一份像樣一點的工作。

林圓圓：這才有幾分鐵杆姐們的味道。

劉　虹：有活兒幹，就不無聊了，就過得充實了，就可以慢慢走出過去的陰影了。

林圓圓：那就拜託你啦。

劉　虹：不過你跟蔡鷺的事，你還得主動點，抓緊一點。這事兒，任是誰也幫不了你的忙，只有你自己才能拯救自己。

林圓圓：這我知道。

劉　虹：知道就好，知道我就不多說了。找到一份像樣的工作，再跟蔡鷺兩人把綠本本換成紅本本，生活，就又回到了過去的軌道。

林圓圓：我真的還能回歸過去嗎？

劉　虹：能，肯定能。圓圓，我昨天看報紙，上面登了一份結婚協議書，其中有一條《我們宣誓》，我想你們複婚時可能用得著，就給你帶來了。

林圓圓：帶到舞廳來了？

劉　虹：對，帶到舞廳來了。

△兩人停止舞蹈。劉虹從身上搜出一份折疊的報紙遞給林圓圓。

林圓圓：（一層一層地打開）要不咱們一起念念吧。

劉　虹：好的。

△兩人腦袋湊在一起。一束燈光射了過來，舞廳音樂止。

兩　人：（同時地）我們宣誓：我們將成為終生的朋友、伴侶、唯一的真愛。在這特別的日子裏，在上帝面前，我們承諾，從今時直到永遠，無論是順境或逆境，富裕或貧窮，成功或失敗，健康或疾病，快樂或憂愁，都要敬重對方，疼愛對方，分擔對方的快樂和憂愁。除了死亡之外，永遠不與對方分離。我們承諾，我們將毫無保留地相愛，以愛人為榮，尊敬對方，盡己所能滿足愛的需要，在危難中保護對方，在憂傷中相互安慰，在身心上共同成長，我們承諾，將對愛永遠忠實。

林圓圓：嗯，寫得真不錯！失去了，才懂得珍惜，才知道看似平淡的生活，有著一種難得的溫馨與幸福。

劉　虹：咱們小民百姓，你不平淡，想去作秀，想要轟動，想著偉大，那就是自不量力，就是滑稽可笑，就是透支生活，最終要付出代價的。

林圓圓：真看不出來，你都像個思想家了。

劉　虹：思想家比哲學家還差一個檔次，我希望你經歷這事後，能悟出些人生的大道理，成為一個哲學家。

林圓圓：這不是另一種自不量力、滑稽可笑麼？

劉　虹：（笑）對對對，那就順其自然吧。

林圓圓：是的，順其自然。凡事總得有個結局，是禍躲不過，是福不用躲，該怎樣就怎樣，只要自己努力過，爭取過，也就沒有什麼遺憾了。

十

△蔡鷺家。夜，林圓圓臥室。

△蔡鷺坐在床沿一口接一口地抽煙，林圓圓滿腹心事地踱來踱去。

林圓圓：楚河漢界，你有你的房間，我有我的臥室，分得多嚴格呀。要不我叫你，恐怕連我的臥室都不瞧一眼了。

蔡　鷺：（笑）男女授受不清嘛。（起身找煙灰缸）

林圓圓：（咳嗽）煙味太濃，我都有點受不了啦。

蔡　鷺：對不起，煙癮一上來，就憋不住了。

林圓圓：什麼男女授受不清？這是典型的作秀！自我回來後，咱們就住在一起，在外人眼裏算怎麼一回事呢？也不知這「秀」到底「秀」給誰來看！

蔡　鷺：「秀」給自己看！

林圓圓：（笑）哦，你終於懂得幽默了。

蔡　鷺：人的潛在資源多多，只要引導、挖掘、開發，總會有新的、驚奇的發現。有人說，女人是一架鋼琴，什麼樣的琴手，就會彈出什麼樣的樂曲。對男人來說，又何嘗不是如此呢？

林圓圓：嗯，有道理。

蔡　鷺：你今天想在我身上彈些什麼呀？（做了一個彈琴的動作）

林圓圓：（走至蔡鷺面前）就單純的彈琴麼！（嫵媚地一笑，一語雙關地）先彈琴（談情），後說愛！

蔡　鷺：加在一起，就是——談情說愛。

△林圓圓就勢撲在蔡鷺懷裏。

林圓圓：（撒嬌似地輕輕捶打蔡鷺肩膀）你壞，你壞，就你壞，你真壞……

△蔡鷺站起身來，撫摸著林圓圓一頭秀髮。

林圓圓：我還以為你對我……真的那麼絕情絕義……

蔡　鷺：（搖頭）我……咳，該怎麼說呢……

林圓圓：鷺鷺，告訴我，那天晚上，陪你過生日的女人到底是誰？是不是叫阿芬？

蔡　鷺：（推開林圓圓）阿芬？你怎麼知道她叫阿芬的？

林圓圓：（神秘而得意地）該知道的，我當然知道啦。有了新人，就把我撇一邊了是不是？

蔡　鷺：這話從何說起？我跟她……那個阿芬，只是普通朋友，真的很普通的朋友，我沒有必要騙你。

林圓圓：那你……為什麼總是迴避我？

蔡　鷺：迴避什麼？

林圓圓：我想跟你和好如初。

蔡　鷺：和好如初？我問你，過去，你真的愛過我嗎？從心底，不是那種夫妻之愛，而是透入骨髓的、震憾靈魂的男女情愛。圓圓，看著我的眼睛，回答我，請不要說假話！

林圓圓：我準備了一首歌，先放給你聽聽，好嗎？

△林圓圓走到床頭櫃上放著的答錄機前，按下播放鍵。

△歌曲《不得不愛》響起：「天天都需要你愛，我的心思由你猜。I love you，我就是要你愛，我每天都精彩。天天把它掛嘴邊，到底什麼是真愛？I love you ……」

林圓圓：這是一首年輕人愛唱的流行歌曲。

蔡　鷺：哦，旋律倒挺熟的，歌名叫什麼？

林圓圓：《不得不愛》，它最能說明我現在的心情——不得不愛！

△《不得不愛》的旋律在繼續：「Baby，不得不愛，不知快樂從何而來；不得不愛，放下悲傷從何而來；不得不愛，否則我就失去未來……」

蔡　鷺：現在年輕人唱的一些歌呀，跟我們過去的就是不一樣。

林圓圓：但這首歌我特別地喜歡，待在家裏的這些日子，我幾乎每天都要聽幾遍。（走近蔡鷺）對你，如果說過去還有一定的距離，還有所保留，那麼現在，就是不得不愛，愛得……怎麼說呢？反正咱們倆什麼都有過，也不怕你笑話，真是愛得暈頭轉向、一蹋糊塗……

蔡　鷺：（笑）真有這麼嚴重嗎？

林圓圓：還笑，你還笑呢，可我……卻想哭了……（眼眶濕潤）

蔡　鷺：（感動地）我笑，不是笑話你，而是高興，是幸福。作為一個男人，能得到一個女子的真愛，不管什麼樣的女子，哪怕是前妻，也是值得高興的，是一種難得的幸福。

林圓圓：鷺鷺，我知道你過去真的愛過我，可現在，我失去了自信，我也想問問你，過去你對我的那份真愛……還在嗎？看著我的眼睛，也不許你對我說假話！

蔡　鷺：（想了想，點點頭）是的，還在，只要尋找，打撈，它馬上就跑出來了。

林圓圓：（撲上前緊緊地擁抱蔡鷺）有你這句話，我心裏懸著的一塊石頭，就可以落地了。

蔡　鷺：可是……

林圓圓：可是什麼？不，我不聽可是，我現在不需要轉折！鷺鷺，既然我們彼此都還深愛著，心裏沒有別人，那就趕緊複婚吧！

蔡　鷺：複婚？（搖頭）不，不可能！

林圓圓：（下意識地鬆開蔡鷺）為什麼？

蔡　鷺：我們不可能回到過去了。

林圓圓：（大聲而激動地）為什麼不能？不說別的，哪怕為了給雪兒一個完整的家，我們也應該複婚呀！

蔡　鷺：（將林圓圓推到床邊）坐下吧圓圓，關於複婚，你都提過好多次了，而我一直在迴避，今晚，咱們就好好地談談吧。

林圓圓：對，早就應該好好談談了。

蔡　鷺：這段日子，我總是思考著愛情、婚姻之類的問題。愛情是什麼？是一種特殊的情感，個體生命的一種需要。而要命的是，這種特殊的個人情感總是隨著環境、時間、情緒等不定因素不斷地變化著。那麼婚姻呢？更多的是社會的一種需要，說到底，婚姻就是一種契約。

林圓圓：哎呀呀，別這麼繞口令似地拐彎抹角好不好？有什麼，就直截了當地說唄！

蔡　鷺：好好好，我現在就直奔主題了。圓圓呀，我問你，婚姻靠什麼維持？難道靠結婚證嗎？結婚證不就一張紙嗎？一張紙能起多大作用？我以為真正的婚姻，是一種內在的約束！男女之間的愛情結束了，緣份盡了，兩人要拜拜了，靠一張紙是無法維持的。比如你，不想要過去的婚姻了，就真的視結婚證為一張紙了。紙不管在什麼情況下都是紙，輕輕一撕，就成了碎片。

林圓圓：鷺鷺，我一直都在後悔，後悔得心裏滴血。回家那天晚上，我把自己泡在浴池裏都不想起來了。我躺在清清的熱水中，拼命地搓呀，不停地洗呀，我想洗去身上的污垢，還一個過去的我，一個純潔的我給你……

蔡　鷺：這些，你就是不說，我也能感受得到，可問題的關鍵是……我想婚姻不在於形式，愛情更不在於形式。兩人有了真正的愛情，能在一起過，就好好地過；而愛情又是一種很神秘的東西，也許說消失就消失了，沒有了愛情，不能過了，大家道聲拜拜，友好地分手，各奔東西，不是很好嗎？也就沒有必要非得把那張紙撕碎不可！成了碎片的東西，無論怎樣黏貼彌補，都不能嚴絲合縫，總會留下一些刺眼的裂痕！

林圓圓：你說的這些，在我們社會，實現得了嗎？

蔡　鷺：現在的社會，真是開放得很啦，生活方式多元化，不婚族、同居族、試婚族、丁克家庭，什麼沒有呀？此外，除了傳統意義上的第三者，還冒出了一個新鮮事物——第四者……

林圓圓：第四者？

蔡　鷺：對，第四者！就是有了外遇，卻不涉及婚姻，不像第三者那樣插足別人家庭，弄得尋死覓活的，既傷害了自己，也傷害了別人。

林圓圓：噢，你知道得真多。

蔡　鷺：同時，我還在想啊，婚姻有時挺荒謬的，比如許多事情都可以發展，而婚姻卻不行。戀愛發展成婚姻，而婚姻再往前發展，不是婚外戀，就是走向它的反面。婚姻為什麼必須是長期性的契約不可呢？難道說男女雙方一旦拿了結婚證，就進了保險箱，可以吃一輩子大鍋飯了嗎？因此呀，我認為婚姻也應該推向市場才行。我們不是常說比翼雙飛麼？要是一方翅膀折斷了，距離拉後了，不僅不能雙飛，還會影響另一隻鳥兒的飛翔，弄不好讓前面那隻飛得好好的跟著一起栽跟頭。而婚姻一旦推向市場，有競爭，有風險，有隨時分手的可能，兩人就能理解對方，看重對方，尊重對方，這樣一來，反而可以起到維持婚姻、穩定婚姻的作用。

林圓圓：（笑）什麼市場婚姻，還計畫婚姻呢！又不是搞經濟，虧你想得出來。

蔡　鷺：也許你覺得可笑，可它們卻是我在這場婚變中的認真思考與重大收穫。距離太近，愛也會成為一種消極的東西，有時會成為一種傷害。所以呀，圓圓，我不想複婚。真的，只要一想到又要重新換回一個結婚證，我就害怕，就頭疼……

林圓圓：一旦遭蛇咬，十年怕草繩。

蔡　鷺：也許是吧，可它對於感情，對於現在的我們來說，真的半點作用都沒有。當然，新婚夫婦還是需要的，沒有結婚證，社會就不承認，人家就會議論你不道德，生下的孩子就不能上戶口……而我們呢，就真的犯不著再去領一個什麼複婚證了。

林圓圓：你的意思是……

蔡　鷺：我想我們現在這種同居方式，是最好不過的了。

林圓圓：（大聲地）不，不，我不能接受！

蔡　鷺：可人生是條單行道呵。

林圓圓：（心頭一震，重複地念叨著）人生是條單行道……

蔡　鷺：對，你選擇了，要想掉頭轉身，回到過去，就不可能了！

林圓圓：嗯，是的，人生還真是那麼一條長長的單行道呢。

蔡　鷺：雖然是單行道，雖然不能回到過去，但在前行的路上，還有很多選擇。人生在世，說到底就是選擇，事無巨細，幾乎每時每刻，我們都在選擇。

林圓圓：（長歎）是呵是呵，該發生的已經發生的，該過去也都過去，可今後……今後……我該怎樣選擇才好啊？

△蔡鷺沒有回答，他在深深地思索著什麼。

△歌曲《不得不愛》止，另一首《不見不散》響起：「不必煩惱，是你的想跑也跑不了；不必徒勞，不是你的想得也得不到……」

林圓圓：（突然地）走！我想我還得走才是！

蔡　鷺：什麼？你又要走？

林圓圓：對，我不能跟你在同一個屋頂下，過這種不明不白的所謂同居生活。

蔡　鷺：你去哪兒？

林圓圓：這次，我不會離開廈門了，我已經找到了一份新的工作。（想了想）但我得離開你，離開這個家，租一處地方，築一個新窩，單獨一人過。

蔡　鷺：（反問）單獨一人過？

林圓圓：你放心，我會盡到自己的職責，照顧好雪兒，當然還有你。（稍稍停頓）我會靜靜地……靜靜地守候著你們……

△《不見不散》的歌聲越來越響：「這世界說大就大，說小就小，就算你我有前生的約定，也還要用心去尋找，不見不散⋯⋯

十一

△蔡鷺家客廳。傍晚。蔡鷺呆呆地坐在沙發上。

△門鈴響。

蔡　鷺：（下意識地）是圓圓？（搖頭）不，圓圓走了，不會是她，而是雪兒放學回家了。

△蔡鷺開門。

△蔡雪背書包上。

蔡　雪：爸爸，今天怎麼是你給我開門呀，媽媽呢？

蔡　鷺：媽媽她⋯⋯為咱們做好了晚飯，然後就⋯⋯走了。

蔡　雪：（驚慌地）什麼，媽媽走啦？又像上次那樣不辭而別？

蔡　鷺：不，這次不是。

蔡　雪：她去哪兒啦？

蔡　鷺：（斟酌地）她去上班了。

蔡　雪：上班？

蔡　鷺：對，她又找了一份工作，值夜班去了。

蔡　雪：（釋然地）哦，晚上都要加班呀。

蔡　鷺：不錯。

蔡　雪：我還以為她又離開廈門了呢。

蔡　鷺：沒有，她再也不會像上次那樣離開你了。不過呢，今後一般也不回家住。

蔡　雪：為什麼？

蔡　鷺：工作忙唄。

蔡　雪：再忙晚上也得回家睡覺呀。

蔡　鷺：天天加夜班，然後又經常要出差呀。

蔡　雪：（歪著腦袋想了一會，似乎明白了什麼）嗯，我懂了，你們大人呀，名堂就是多。爸爸，告訴我，你跟媽媽，是不是又吵架鬧矛盾了？可為什麼總是媽媽外出，而你卻守在家裏呢？

蔡　鷺：大人的事，小孩別管。

蔡　雪：我要管，非管不可！你們總說我是小孩，是小孩，就不拿我當回事。小孩怎樣了，小孩就不是人嗎？

蔡　鷺：小孩當然是人呀，小孩不僅是人，而且是比大人更重要的人！

蔡　雪：可為什麼，媽媽不拿我當回事，這次出去又不告訴我？哼，我要給她打電話，看她怎樣回答我！

△蔡雪欲打電話，被蔡鷺一把拉住。

蔡　鷺：誰說媽媽沒拿你當回事啦？她這次出門，第一個想到的就是你，不僅給你買了許多吃的穿的好東西，還給你留了一盒錄音磁帶呢。

蔡　雪：（驚喜地）真的，錄音磁帶？媽媽還跟我玩起這套來了，可真有意思！磁帶呢，磁帶在哪兒？

蔡　鷺：（從茶几上拿起一盒磁帶遞給蔡雪）給。

蔡　雪：我馬上就放，看媽媽都跟我說了些什麼。

△蔡雪播放錄音磁帶，林圓圓的畫外音響起：「雪兒，我乖巧可愛的女兒，媽媽又得走了，但這次不會走遠，媽媽就在廈門；也不會像上次走那麼長的時間，一有機會，我就回家看你，因為你是媽媽唯一的女兒，是媽媽的最愛，當然，你爸爸也是……」

蔡　雪：媽媽，我也只有你一個媽媽，你也是我的最愛，當然，爸爸也是！

△蔡鷺走過去，深情地將女兒蔡雪一把擁在懷裏。

△林圓圓畫外音：「雪兒，媽媽曾經虧待過你，也對不起你爸爸。其實，媽媽的世界很小很小，只裝得下你們。往後去，媽媽再也不會委屈你，也不會惹你爸爸生氣了……」

蔡　雪：媽媽，你並沒有委屈我，並沒有委屈我呀。

△林圓圓畫外音：「你爸爸過去從來不抽煙的，可現在抽得好凶，就是我惹他生氣後抽上的。我只希望他早點把煙戒掉，可他不一定聽我的。雪兒，要是你勸，他就會聽的，因為你是她最喜歡的乖女兒呀！」

蔡　雪：（回頭期待地望著蔡鷺）爸爸——

蔡　鷺：（感動地）戒，我戒，這就戒！

△蔡鷺從口袋裏掏出一包抽剩的香煙，使勁地揉碎。

蔡　雪：（高興地拍手）爸爸戒了！媽媽，你回來看看吧，爸爸一下子就把煙給戒掉了！媽媽，我說的話，你都聽見了嗎？

蔡　鷺：媽媽走了，哪能聽得見？

蔡　雪：我馬上打電話，向她報告這個好消息！

△蔡雪奔向話機，一把抓起話筒，誇張的按鍵撥號聲。

△林圓圓的畫外音變成了《海韻》的深情歌唱：「啊不是海浪，是我美麗的衣裳飄蕩。縱然天邊有黑霧，也要像那海鷗飛翔……」

△蔡鷺聽著林圓圓的歌聲，看著蔡雪打電話那副天真活潑的樣子，心底湧起一股無限的感動。

蔡　鷺：（輕輕地應和著哼唱）女郎，我是多麼希望圍繞你身旁；女郎，和你去看大海，去看那風浪……

△蔡鷺站在舞臺中央，慢慢地舉起右手，擦拭有點濕潤的眼眶。

△《海韻》切換成《河流》，歌聲漸響漸弱漸止：「這應該就是緣份吧，生命足跡步步與你結伴。多少次笑中的淚，已彙成了海洋，裝進記憶行囊……你和我沿著匆匆人生的河流上，愛與被愛不知不覺編織成了一張網。就算命運中的浪，沖吧，撞吧，打擾吧！拆不散，註定相守的情感。我想莫非就是緣份吧，讓我就你相戀一生吧，不愛不散……」

△劇終。

（原載《福建戲劇》2008 年第 1 期、《新劇本》2010 年第 2 期）

國家圖書館出版品預行編目

人生是條單行道：曾紀鑫戲劇作品選（上）/曾紀鑫著.
-- 一版. -- 臺北市 ： 秀威資訊科技, 2010.07
面 ；　公分. -- (語言文學類 ; PG0375)
BOD 版
ISBN 978-986-221-480-0 (平裝)

854.6　　　　　　　　99008227

語言文學類 PG0375

人生是條單行道：
曾紀鑫戲劇作品選（上）

作　　者 / 曾紀鑫
主　　編 / 蔡登山
發 行 人 / 宋政坤
執行編輯 / 蔡曉雯
圖文排版 / 鄭佳雯
封面設計 / 蕭玉蘋
數位轉譯 / 徐真玉　沈裕閔
圖書銷售 / 林怡君
法律顧問 / 毛國樑　律師
出版印製 / 秀威資訊科技股份有限公司
台北市內湖區瑞光路 583 巷 25 號 1 樓
電話：02-2657-9211　　傳真：02-2657-9106
E-mail：service@showwe.com.tw
經 銷 商 / 紅螞蟻圖書有限公司
台北市內湖區舊宗路二段 121 巷 28、32 號 4 樓
電話：02-2795-3656　　傳真：02-2795-4100
http://www.e-redant.com

2010 年 7 月 BOD 一版
定價：300 元

讀　者　回　函　卡

感謝您購買本書，為提升服務品質，煩請填寫以下問卷，收到您的寶貴意見後，我們會仔細收藏記錄並回贈紀念品，謝謝！

1.您購買的書名：________________________

2.您從何得知本書的消息？

□網路書店　□部落格　□資料庫搜尋　□書訊　□電子報　□書店

□平面媒體　□ 朋友推薦　□網站推薦　□其他__________

3.您對本書的評價：(請填代號　1.非常滿意 2.滿意 3.尚可 4.再改進)

封面設計____　版面編排____　內容____　文/譯筆____　價格____

4.讀完書後您覺得：

□很有收獲　□有收獲　□收獲不多　□沒收獲

5.您會推薦本書給朋友嗎？

□會　□不會，為什麼？______________________________

6.其他寶貴的意見：______________________________

____

____

____

讀者基本資料

姓名：________________　年齡：_____　性別：□女　□男

聯絡電話：______________　E-mail：________________

地址：____

學歷：□高中(含)以下　□高中　□專科學校　□大學

□研究所(含)以上　□其他______________

職業：□製造業　□金融業　□資訊業　□軍警　□傳播業　□自由業

□服務業　□公務員　□教職　□學生　□其他__________

請貼郵票

To：114

台北市內湖區瑞光路583巷25號1樓

秀威資訊科技股份有限公司　　收

寄件人姓名：

寄件人地址：□□□

(請沿線對摺寄回,謝謝!)

秀威與BOD

BOD（Books On Demand）是數位出版的大趨勢，秀威資訊率先運用POD數位印刷設備來生產書籍，並提供作者全程數位出版服務，致使書籍產銷零庫存，知識傳承不絕版，目前已開闢以下書系：

一、BOD 學術著作—專業論述的閱讀延伸
二、BOD 個人著作—分享生命的心路歷程
三、BOD 旅遊著作—個人深度旅遊文學創作
四、BOD 大陸學者—大陸專業學者學術出版
五、POD 獨家經銷—數位產製的代發行書籍

BOD 秀威網路書店：www.showwe.com.tw
政府出版品網路書店：www.*gov*books.com.tw

永不絕版的故事・自己寫・永不休止的音符・自己唱